城市擺渡人

計程車司機說故事

呂博——著

本書謹獻給在馬路上奔馳的每一位辛苦司機，
與每一位有緣乘客。

「55688集團」董事長 林村田

這是一本充滿人情味的書。作者呂博記下了計程車司機開車穿梭在都市叢林間、亦或是鄉間小路上所遭遇到的各種人和事。這些故事或許看似平凡，卻隱含著深刻的人生哲理和社會意義。

呂大哥以他自己的經歷爲基礎，用極短篇的方式帶出一個個眞實而感人的故事。因爲計程車業的工作特殊性，司機們能夠接觸到社會上各式各樣的民衆，從社會頂層到基層百姓，從銀髮族到青少年，身心障礙者到外國旅遊觀光客，各式各樣的人生故事透過呂博的觀察，呈現在你我眼前。

每一則小故事都包含著獨特的情感並切合主題，共同展示出臺灣民衆的生活樣貌，以及在日常瑣事中傳達出的眞摯情感，這本書不只是一本記錄計程車司機所見所聞的書，更是一本關於生命、愛與希望的書。

書中有些角色們雖平凡不起眼，但他們所展現出的人性光輝卻是如此耀眼，讀起來時而莞爾一笑，時而感動萬千，酸、甜、苦、辣各種滋味在本書中盡皆包含。

古有吟遊詩人訴說鄉野故事，今日有計程車作家呂博撰書記錄臺灣人民日常。

想要看見臺灣民間的旺盛生命力嗎？我推薦你看看這本《城市擺渡人》，相信會在你（妳）的心中留下深刻印象。

自序

這本書裡每一個故事，都是眞人眞事，全是我開計程車時所聞、所見、所思。

加入計程車司機行列的時候，年紀已經58歲了，我不是一位「老司機」，而是一位「年紀眞的有點老的司機」。

計程車司機，在一般社會大衆的印象裡，似乎跟社會底層、無一技之長、魯蛇畫上等號，因爲這樣的工作，不需要很高的進入門檻，只要想當司機，誰都可以當得成。在我踏進這一行之前，也是如此認爲。但如今眞的進入這一行，實際成爲一位計程車司機，才知道完全不是這麼一回事。

要當一位計程車司機，其實並不容易。比如說要考職業駕照的時候，才發現自己是多麼的愚笨與慌張；又比如說，要考執業登記證的時候，才發現自己被五張市街地圖，搞得七葷八素、暈頭轉向。各位知道嗎？在新北市考執業登記證，政府規定必須要考五座城市的市街道路（新北市＋臺北市＋桃園市＋宜蘭市＋基隆市），光是要買齊這五份地圖，就跑遍了各大書局才湊足。我從小到大參加過無數考試，但從來沒有一次像考執業登記證這麼困難，更不用說，我與生俱來就是一個不折不扣的大路癡，五張地圖在我眼中，彷彿如五座大迷宮一樣。

好，職業駕照終於有了，執業登記證也好不容易有了，再來就是愼選一家車行來靠。

經過多方面查訪與詢問，但同行給我的答案都不太一樣，有的人說：「單純的車行會比較自由，沒有人管，隨自己高興就好。」有的人說：「有制度的車行會比較好，因爲對司機的品質要求會比較高，所以搭乘的客人會比較多。」有的人又說：「現在是網路世界，Uber已經成爲流行，有網路叫車的車行會比較好。」後來，我選擇參加55688「臺灣大車隊」。

我選擇大車隊，是因爲他們公司有一位經理，叫做小魏，一位有點胖胖的大男孩。從我剛開始準備入行之前，在「新北交通大隊大樓」前，偶遇一位招攬業務年輕男孩，是他遞給我一張「小魏經理」名片，再透過名片上的電話接觸到他。聯繫中，我發現「小魏經理」他對如何帶領計程車新手入行流程與業務十分嫻熟，從新人開始辦理入隊—上課—實習—掛牌—裝錶—驗錶，一路上他都與我保持良好的溝通管道與尊重，他的耐心、耐性、提醒與建議等服務品質，對一位正處於徬徨無助邊緣人來說，「臺灣大車隊」是一家可以信賴的平臺。所以我才選擇加入大車隊，後來事實也證明確實沒錯，我眞的十分感謝小魏經理。他們家的網路平臺觸及到的客源層面十分廣泛。聽說他們車隊的隊員人數，四年前（2018）在全國各地就已經達到兩萬兩千多人了，其中大多數都是二十～四十歲的年輕人。

大車隊位於臺北市濱江街，更讓司機們感覺如同一個大家庭，裡面應有盡有，並提供司機們許多實用的服務。

在四年的跑車生涯當中，我也參加了計程車司機專屬的兩個Line群組，一個叫做「拼命賺錢郎」，另外一個叫做「正面思考」，每個群組裡各有一百多位司機。這兩個群組不但是同行交換心得與彼此載客支援的分享平臺，從名稱也可以很清楚的知道「計程車司機」並不是一份輕鬆的工作。要賺錢，就必須要拼老命，每一位司機長時間坐在狹窄的座位空間上十來個小時，身心上需要有相當程度的抗壓耐受力；而良好服務品質與駕駛技術，司機們在平時就必須培養正面思考的能力，因爲我們所面對的客人各行各業、男女老幼、五花八門、各式各樣都有，所以司機在開車時的心態，需要維持穩定與平和，才能讓搭車的客人獲得最佳服務與保障。

「十年修得同船渡」，古代的船（舟），就是今天的「車」。我十分相信緣分，搭車的客人與我之間，或許眞的有某種緣分。同時我也有自己的跑車理念，我的責任就是將客人迅速、舒適、平安地送到他們想去的目的地，無論他是誰？或是什麼身分？

客人搭一趟計程車，說實在時間並不長，少則十分鐘，多則幾十分鐘、一個小時左右而已。在這麼短的時間之內，想要從客人身上，了解他們的生活世界與內心想法，其實並不難。因爲計程車司機對他們來說，只是一位完全陌生的局外人，搭乘過這趟計程車之後，彼此再也難得再次見面。所以搭車客人在計程車上，大可以隨心所欲地說他們想說的、做他們想做的，想他們心裡所想的。

其實，一般人搭上計程車之後，在大多數人的潛意識裡，都會將司機當成空氣一般的隱形人，所以無論在舉止間或言談中，甚至是發呆，望向車窗外臉上表情，都會不經意地透露出當時內心世界裡的眞實感情。

如今是個網路的世界，人與人之間的距離，透過手機可以拉到無限遠。但是，在車子裡一坪不到的空間裡，我們跟客人之間距離不到一公尺，總能感覺到他們身上的溫度、聞到他們身上的味道、聽到他們講話的聲音，有時候甚至從細微的動作中，都能感受到他們內心當中眞正的感情。

各位知道嗎？計程車載的客人，不一定是眞正的人，也可以是其他東西或不是人，這全都寫在我的故事裡。有時候，我會覺得自己也如同搭車的客人，因爲客人搭乘我的車到他們想去的地方，而那裡，經常是我這一生根本不可能會去的地方。正因如此，也讓我嚐到一些令人驚艷的當地庶民美食與小吃！

我沒什麼專長，但我喜歡觀察人，所以我選擇當一位計程車司機。對每位上車的客人，我都會觀察入微。希望用「極短篇」的方式，將這百種百樣、風情萬種的人物故事，逐一記錄下來呈現給大家。我認爲，這些故事或許也是目前臺灣社會裡的眞實縮影。

開計程車眞的很辛苦，工作時間很長，賺錢眞的很不容易，但是我在寫這些故事的時候，心中卻充滿歡喜與快樂！

各位準備好了嗎？我要開始說故事囉！

呂博

目錄 CONTENTS

目錄CONTENTS

Chapter 1

考職業駕照　上

天氣好熱，一大早八點半就趕到監理所，監理所裡來來往往人很多。

我揮汗如雨到櫃檯報到，一位表情冷漠的小姐幫我辦理登記，我心想：「她在這裡工作壓力一定很大，所以才會有這樣的表情。」

果然，她從鼻孔裡發出聲音跟我說：「你有預約嗎？」

「我有預約。」我恭敬地回答她，心想她應該是在這個職位上受過不少氣吧？難怪態度有如古時候的晚娘（不快樂的繼母）。

晚娘收了我的錢之後在表格上登記，她說：「好了，去旁邊等，先考筆試，注意看電腦螢幕，有你名字就直接進去考。」

我左顧右盼找不到電腦螢幕在哪裡？於是我問晚娘。她「哼！」的一聲，頭往上一扭。

喔！我懂了，螢幕掛在旁邊牆上。原來，她習慣用肢體語言來表達。

騎樓下等筆試的人不多，沒一會兒就到我了。還好監考人員不是晚娘，是一位胖妹妹，還滿客氣的。她叫我手機跟包包放在前面桌上，再到教室裡有標註「8號」的電腦螢幕桌子後面坐著等一下。

我過去坐定，螢幕出現考題畫面。胖妹妹用麥克風說：「先生，你只要點按開始鍵就可以開始考試。」我按了鍵，考試開始。

總共二十題，才沒一會兒就考完了。我大聲跟胖妹妹說：「我考完了。」她叫我按交卷鍵。哇靠！我竟然考了一百分！我心想：「自從國小畢業之後，考試就從來不曾再考過一百分了。」看到電腦裡我的分數時，心裡十分激動，眼眶有點模糊。

胖妹妹在我的表格上用藍色印章，蓋上一百分。

我開門正要走出考試間之前，胖妹妹笑著對著我說：「考一百分，不簡單喔。」我這位58歲老先生回頭跟她笑了一下。

我再走回剛剛報到的那位晚娘小姐櫃檯前面問她說：「我考完筆試了，請問路考在哪裡？」她還是用鼻孔的聲音跟我說：「從那裡走過去，看到紅綠燈右轉，會看到有考試人員在那裡。」我順著她的手指看過去，然後說：「謝謝。」

她指的地方，是路考測驗場裡的紅綠燈。我走到燈前右轉，半個人都沒有，怎麼也找不到考試人員。天氣好熱，太陽好大。我只能再走回去問晚娘。

結果晚娘不在座位上，旁邊一位年紀比較年輕的小姐沒好氣地說：「前面紅綠燈左轉，走到底。你是有沒有走到底呢？」她用有點責怪的口氣跟我說著。

唉……兩位老少晚娘，指的方向卻左右不一樣……

等我找到路考測驗場時，已是滿身汗。那是一處有遮陽的涼棚，先是只有我一個人，但是不見測試人員。過了一會兒，遠遠又走來了幾位應考人，大家一起在涼棚下等監考官來。

我跟他們點點頭聊了一下，其中兩位男士是來考第二次的，一位中年媽媽是來考第三次。另外三位年輕人不太說話，像是心事重重的樣子。

一位跟我年紀相仿的男士，身上衣服穿著像是一位街友，皮膚髒髒黑黑、蓬頭垢面，說話時嘴裡還缺了好幾顆牙。他跟我說：「你娘的，這麼難考。」然後跟我訴苦說上次他沒考過的經驗，一臉忿忿難平的樣子。

一位身材高大胖胖的中年男子，他比較樂觀，企圖心很強，他說他今天一定要考過。看起來像是一位好爸爸，家裡小孩應該都很小，或許有一位對他不錯的老婆，所以一定要考到職業駕照用來謀生。

坐在旁邊靜靜聽我們說話的中年媽媽臉色十分蒼白，雖然外型削瘦，體格還算健壯，但臉色蒼白，一看就知道氣血不足。她手上拿著一瓶防蚊噴霧一直往自己身上噴，說這裡蚊子好多，但我卻沒看見蚊子。她說這次考駕照是第三次了，緊張兮兮的，眼神露出不安。

我安慰她說：「妳放心，妳只要能放輕鬆考，保證一定過關！」

測驗人員終於來了，他開著一輛小麵包車，這輛車就是考試專用車。這位四十多歲的監考人員把我們集中起來，作了一番講解，內容是路考方式、注意事項與扣分狀況。這時候大家緊張的氣氛，連我都感覺得到。

衛友大哥第一個搶先登上考試的麵包車，才沒兩下子就壓線兩次失敗。他垂頭喪氣地下了車，獨自一人默默地離開考場。我看著他的背影，心裡想：「不知道待會他會不會想不開？」

第二位衝上去考的是胖胖中年男子。他開的好慢、好謹慎、好用心，結果眞的被他考過了！雖然也壓到線一次，被扣十六分，但總分還是及格了，通過考試。我們大家上前去跟他恭喜。

本來我想考第三個，但是看到旁邊中年媽媽緊張兮兮的，於是讓她考第三順位，我們還沒有考的人，全都守在路邊鼓勵她。

她眞的有聽從我剛剛的指導，一上車就慢慢地把座椅、照後鏡調整好，然後慢慢地開。雖然在S型道路倒車時出了兩次小狀況，但是監考官最後還是認定她通過考試。大概是他的良心讓他覺得不需再爲難這位可憐的媽媽吧……

她下車的時候，在旁邊看的人都爲這位媽媽大聲歡呼！大家圍上去跟她恭喜！看得出來，中年媽媽心中的大石頭終於放下來了。

換我上場了。

我讓自己氣定神閒，悠哉悠哉地調整好座椅與照後鏡，右手試了試排檔桿，「嗯，可以。」再試踩一下離合器與煞車板，這時才赫然發現：「哇，這輛麵包車還眞是難開啊！尤其是離合器高度太高，要踩很深才有作用，非常不好操作。」但沒辦法，已經上戰場了，只好硬著頭皮開始吧……

我照著之前在駕訓班所學過的方式來操控車子，沒想到在「曲巷掉頭」第一個項目，就因爲方向盤打得太晚，角度抓錯而碰到安全島。

拿著記錄本的監考官這時大聲喊道：「你碰到安全島了！你碰到安全島了！」他聲音中帶著興奮，似乎驚覺好久以來再也沒有親眼目睹考生竟然會直接碰到安全島！

我慢慢地開了車門，慢慢下車，監考官接手車子之後，心情直接從雲端盪到谷底，因爲只要碰到安全島，一次就沒救了。我臉上剛剛悠哉悠哉的神情沒了，只剩下滿滿的羞愧……

我不好意思繼續待在現場，只好低頭快步離開這裡。走回剛剛報名的地方櫃檯，去問原來的那位晚娘說：「嗯……嗯……對不起……我想預約下次路考日期。」

櫃檯後面老少兩位晚娘都聽到了，她們異口同聲地說：「自己用旁邊桌上電腦預約。」我走到電腦桌前面，但我不知道如何操作？

我攔住一位來考自用駕照的小男生，請他幫忙。

小男生用滑鼠點了一下，打了幾個字，然後問我說：「你要的日期都已經額滿了，最近預約是在二十天以後。你要預約嗎？」我只能說好，然後謝謝這位小男生。

監理所規定，路考沒過，至少七天之後才能再重考。但是我卻只能預約報名在二十天以後，原因是「額滿」，可見現在社會上考職業駕照的人非常多。

爲什麼會這麼多？我想，或許經濟眞的不景氣，也或許是網購、宅配等運輸服務業興起，還有屬於自由業的計程車司機大幅增加的緣故吧。

真心希望政府能讓監理單位多增加幾位路考的測試人員、多給民眾幾個預約名額、給這群社會底層的人多一些謀生的機會。

Chapter 2

考職業駕照　下

以前的我，總以爲當一名計程車司機是很容易的一件事情，但實際參加監理所職業駕照考試之後，才赫然發現，要當一名計程車司機，還眞是不容易啊……

經過第一次「路考」殘酷無情的失敗教訓之後，第二次考試日期到來之前二十多天漫長等待，簡直是一場折磨，上次我因愚蠢犯下錯誤，是一種受到羞辱之後，期盼一雪前恥的期待。

曾經有位總統有個口頭禪：「有那麼嚴重嗎？」我有將近四十年開車的經驗，大水沖垮龍王廟，竟然會在一次小小路考中受到挫敗。我的感覺：「嚴重，眞的很嚴重。」

帶著忐忑不安的心情，再次回到監理所考場。這次在考場裡準備考駕照的人比上次還多很多，有男、有女、有老、也有少，還有一位看起來不知道是哥哥還是姐姐打扮的短髮的年輕人。

其中還有一位年輕小伙子，跟他聊天時，他說他原本是送外賣的，因爲開車可以吹冷氣，而送外賣實在太熱了，所以想考張職業駕照，以備轉換工作的不時之需。

另外一位嚼著檳榔，兩手臂上刺著青龍的大哥，聊天時他說：「我已經考三次了，這次是第四次重考路考。」他說他自己剛剛出獄半年多，如果再考不過，當不成計程車司機，就只能回去重操舊業了。

原本我好奇想問他：「你以前的舊業是什麼？」但我看到他額頭上那道血紅刀疤，只好把已到嘴邊的話，硬生生給吞回肚子裡，不敢再追問下去了。

下一位換這位黑道大哥上場了。

黑道大哥車開得不太好，過沒多久，監考員說：「你壓到線了！壓到線了！」黑道大哥表情開始扭曲，咬著牙說：「你娘的，幹！」

監考官似乎也覺得氣氛不太對勁，他趕緊說：「沒關係，沒關係，你還有一次機會，慢慢來。」

黑道大哥抬起頭看看監考官，眼神裡似乎透露：「我手上沒有開山刀，不然我就卸下你一條手臂……」

監考官應該看懂了他的表情，所以接下來說話不但客客氣氣，在「倒退S形」項目時，還稍微引導黑道大哥不要壓到線。後來，眞的讓這位黑道大哥考過艱難的路考！

黑道大哥開門下車的時候，臉上的表情像是剛從監獄裡被放出來，露出難得的笑容。在他的眼神中，似乎看見了光明。

旁邊的其他考生，都爲他拍手叫好！說眞的，我也眞誠地爲他感到高興！

終於輪到我再次上戰場了，因爲上次的慘痛經驗，所以這次我把先前教練場學的東西全部忘掉！再將以前當兵「單兵作戰」的勇氣，與年輕時在馬路上「飛車追逐」的看家本領，全都拿出來了！

我的駕駛技術突然之間，矯健敏捷！原地掉頭，輕鬆過關！

S型前進輕鬆完成！但是，在S形倒車時，方向盤還是打偏了……

微調……微調……再微調……

在不可能的角度下，我，終於過關了啊！監考官說：「我以爲你一定會壓線，結果竟然沒有。你很不簡單！」他眼中露出佩服的眼神。

「嘿！這是我以前當警察時，長期訓練下來，將危機化爲轉機的本事！」我心裡這麼想，但只是高興地對著他笑開懷！

幾家歡樂，幾家愁。接下來考試的十幾位考生，通過考試的比例比上一次來的更少。十幾位考生只有三位通過，其中包括我。

盡信書不如無書，最後我化不可能爲可能，考過了路考。讓我不禁感觸良多：「刻意學習，反而失敗；放空自己，經驗才是眞正的王道！」

之前那位晚娘櫃檯小姐，幫我辦職業駕照，當她把駕照正本從窗口遞給我的時候，抬頭看看我，臉上終於露出難得的微笑跟我說：「恭喜你啊！」

這時候的她像一位佛菩薩，原來她也有溫柔的一面。我微笑著向她鞠躬並接受她的祝福。

Chapter 3

兩棟新大樓

客人上車地點，是臺北市靠近堤防旁邊的一處違章建築。一位瘦巴巴老先生，帶領著這位年輕小姐，從一間破舊屋子的一扇紅色木門裡走出來搭車。

這位小姐身材高䠷，穿著高跟鞋，打扮十分時髦。

她上了計程車之後，老先生低著頭靠在車窗旁交代她說：「妳先跟客人吃完飯，再跟他去那個地方。」小姐說好，然後老先生把車門關上。

我回頭問這位小姐說：「請問小姐您要到哪裡？」小姐說要到某大樓的一家餐廳。大樓其實不遠，就在附近而已。

她左手腕上有一個刺青圖案，年紀大概三十來歲，五官端正，秀麗長髮披肩，長得十分漂亮。

一路上她都用手機在傳訊息，當我快開到目的地的時候，她把手機關上，感覺上，這位小姐似乎心事重重。

這兩棟雙拼的大樓以前我沒來過，我問她說：「這棟大樓裡有餐廳嗎？」

小姐淡淡的說：「有，在左邊這棟大樓的十三樓，上面整整三層都是高級餐廳。」

我說：「喔，是這樣子喔？我聽說過這兩棟大樓，都是某知名飯店集團蓋的？」

小姐一面整理皮包裡的東西一面說：「是的，右邊這棟樓上是餐廳，左邊這棟才是飯店。」

小姐想了一想又說：「這家飯店裡的房間裝潢豪華，他們是臺北數一數二知名的飯店。」接著，小姐把她對這兩棟大樓所知道的點點滴滴，一一跟我介紹。

她的語氣和緩，態度溫柔，像是當成自己家人般地細心解釋給這位好奇的司機大哥聽。

我回頭跟她說：「謝謝妳跟我解釋這麼多，祝妳有個愉快的一天。」

我慢慢將車開到大樓門口，她打開貼滿藍色亮片的名牌包，付完車錢就離開了。

望著她的背影，走進一樓玻璃門裡。這才想起，剛剛在她上車的地方，門口外面還坐著其他兩位年輕小姐，低著頭滑手機。

「喔，原來是外送小姐陪客的店家啊。」我心中這樣想著。

Chapter 4

手寫的從前

太陽高高掛，中午肚子餓了想去覓食，才這麼想，手機裡App就響了。叫車地點就在附近不遠處。

這棟富麗堂皇的大樓是高級住宅。我將車停靠路邊等客人，等了一會兒等不到人，撥電話給叫車的人。

是一位媽媽接聽的，她告訴我說：「對不起，司機先生，請你稍微等一下，我女兒已經下樓了。」媽媽聲音十分客氣。

果然沒多久，一位戴著口罩，長髮披肩的小女生，開了車門坐上後座。

十七、八歲小女生，身材修長，外型秀麗，Hello Kitty口罩上面露出一雙明亮大眼睛。手上提著一只淺綠色帆布包。我問她：「妹妹，要去哪裡啊？」

小女生說：「我要去藝文展覽館。」說話聲音輕輕柔柔、不急不緩，很好聽。

這時小女生手機響了，是一位男子打來的。男子在電話那頭問她說：「你人在哪裡？」

小女生有點不高興的說：「我現在要去參加歌唱比賽。」

男子又問她：「歌唱比賽？那妳早上有去上課嗎？」

小女生不太耐煩的回答：「因爲要比賽，所以早上跳舞課就沒有去上了。」

男子說：「沒事幹嘛去比賽？」

這回小女生提高音量說：「是學校老師幫我報名的，我是代表學校的！」小女生臉上表情嚴肅，似乎對電話裡的這名男子不太友善。

男子沒有再繼續追問比賽的事，開始用關心語氣問她說：「那你怎麼去比賽會場呢？要不要我去載妳？」

小女生冷冷地回答：「媽媽已經幫我叫計程車了，等一下比賽完，媽媽也會叫計程車載我回家。」男子沒再多說，最後只在電話中交代她一個人出門要小心。

掛斷電話之後，小女生靜靜地看著窗外。

我在想：「電話裡的男子應該是她爸爸吧，或許已經沒有跟她與媽媽住在一起了。」

小女生講話的聲音很好聽，我想她的歌應該唱得也不錯才對，所以才會參加比賽。

車子開了一段路，我打破沉默跟她說：「小妹妹，阿伯我以前也參加過唱歌比賽喔！」

小女生用懷疑眼神看著我說：「喔！是嗎？」

我接著說：「是啊，阿伯參加的比賽是沒有音樂伴奏的個人清唱喔，而且我還拿到冠軍耶！」小女生似乎開始有點興趣了。

我繼續說：「妳的聲音很好聽，我想妳今天唱歌比賽的成績應該會不錯喔！」

小女生笑笑說：「謝謝。」

我再問她：「妳今天比賽選哪一首歌啊？」

小女生很快地回答我說：「是周杰倫的〈手寫的從前〉。」

因爲這首歌我沒聽過，我從手機音樂App裡找到了這首歌，再用車內音響播放。是一首抒情歌曲，歌詞內容是描述年輕人戀愛的感覺。

我跟小女生說：「想聽聽看我參加比賽的經驗嗎？」

她說：「嗯，我想聽。」

我說：「其實我的歌聲並不好，但是我會盡量把感情唱進歌曲裡。」

她好奇的說：「那要怎麼樣才能把感情唱到歌裡呢？」

我緩緩地說：「感情是看不見、摸不著的。唱歌聲音與技巧，其實都只是工具而已，它們的目的只是傳達心中的感情。」

小女生很認眞地聽著我說，這時車子經過的路旁種滿兩排高高的欒樹，樹梢上，已經開滿了橘紅色的花。

五彩繽紛的欒花，正隨風搖曳著。

我跟小女生說：「這種感覺，就像路旁欒樹上盛開的美麗紅花，妳看到她們被整片藍色天空襯托，那種自由自在，風中飛舞的舞姿嗎？」

「哇，看起來眞的好美！」小女生望著車窗外，看著紅花與天空，聲音裡充滿遐想。

我鼓勵小女生說：「是的，就是這種感覺！把這種感覺唱進妳的歌聲裡，然後用自然流露出來的感情，去打動評審們的心！」這些話，小女生聽進去了，因爲從她眼睛中發出光芒！

小女生把眼光從窗外樹梢上，逐漸地收回車子裡來。她回過神來說：「伯伯，我可以問你一件事嗎？」

我說：「當然可以啊！」

「你當年得到冠軍時唱的歌名是什麼？」她好奇地問我。

我說：「喔，歌的名字叫做〈盼〉，是王夢麟唱的。」我已經把車子停在藝文展覽館門口。

小女生打開車門要下車時跟我說：「謝謝阿伯，等我回家之後，會放這首〈盼〉來聽的。」

關上車門之前她又說：「阿伯，我會記得你今天跟我說的話。」

我揮揮手說：「快去比賽吧，祝妳成功！」

看她離開的背影，將計費錶歸零。心裡莞爾：「年輕小女孩唱〈手寫的從前〉，而年邁阿伯卻唱著〈盼望未來〉……」

心裡一陣苦笑……

Chapter 5

兩位賭客

他們兩人在車上聊天，我都沒說話，只是聽。

兩位都是老闆，各自開了一家小型加工廠。胖胖的黃老闆先上車，他叫我將車開到另一個地方的工業區，去接一位瘦瘦的朋友——李老闆，兩人約好一起去賭博。

兩位老闆年紀都已經有六十多歲了，接到李老闆上車之後，黃老闆用臺語跟李老闆說：「拎娘ㄟ，上次在那裡輸了很多錢，這次要去贏回來！」

李老闆說：「黃ㄟ，你不需要急，跟他們玩一定要慢慢來，看清楚再下注。」

黃老闆說：「我每次都看得很清楚啊！他們會不會賭壞博（詐賭）？」

李老闆說：「場子是我朋友在作主的，他應該不會作假。」兩人就這樣在車上夾雜著罵人的三字經，彼此交換賭博經驗。

李老闆又說：「等一下到了以後，先說好最多只賭到十一點，超過時間我就不玩了。」

黃老闆說：「好啦，好啦，只要先講好就行。」

李老闆有點不高興的說：「我隔天工廠事情還有一大堆，

每次你都要一延再延，讓我從贏錢玩到輸錢，這次我一定只玩到十一點。」這番話，李老闆重複說了兩遍。

黃老闆反駁他說：「我上次打牌贏了二萬多，結果你說要走，我還拿三千給你吃紅，難道你忘了嗎？」吃紅的李老闆沒說什麼，但看來黃老闆對這位什麼事都斤斤計較的李老闆，似乎還滿大方的。

接著話題聊到他們兩人的工廠生意，黃老闆說：「前些日子我去收貨款，遇到同行王老闆跟我說，他去跟他的下包商收貨款，前後跑去七次，結果半毛錢也沒有收到，眞是氣死我了！」

胖胖的黃老闆說：「幹，王老闆的下包商也是我的下包商，聽王老闆說了之後，我也趕快去收貨款，那個下包商欠我一萬七的貨款，結果給我一張面額五萬多元的支票，幹！當時現場我還找他三萬多元現金！」

瘦瘦的李老闆有點擔心的問：「你不怕這張支票是芭樂票嗎？」

「怕？」黃老闆笑著說：「不會啦！這一張我看過了，是公司票，不會倒帳啦！」黃老闆很有信心的說。

李老闆仍然爲黃老闆擔心的說：「那很難說喔。」

李老闆嘆了一口氣又說：「現在不景氣，貨款眞的很不好收，工廠員工薪水又不能晚發，我們這些當老闆的，眞的很不好幹。」

黃老闆比李老闆看得開，他笑著說：「你免煩惱啦，等一下牌桌一坐上去，什麼大小事就通通忘記了啦！」

李老闆若有所思的說：「是啊，看可不可以贏一些錢回來補工廠的虧損？」

聽兩位老闆聊天，知道他們有家、有眷、也有年紀了，但是工廠生意受到不景氣影響，收入變得十分不穩定，兩人藉著賭博消遣除了可以暫時紓解一點壓力，另外也希望能贏些小錢。

但是我覺得奇怪，賭博有一定贏的嗎？

Chapter 6

辣媽

大年初二，當我趕到叫車地點的時候，一位穿著火辣的女士正在巷子口比手畫腳，招呼兩位老人與兩個小孩，加上一位外勞集合。

「他們應該都是她的家人吧？」我心想。

這位四十多歲的女士一口氣叫了兩輛計程車，因爲有很多東西要載。一輛是多元（我），另一輛是一般小黃。

她指揮小孩跟外勞將大包小包的東西全都裝上兩輛計程車後車箱之後，她自己就帶著兩名小孩跟外勞，跳上我的多元計程車。她坐在副駕駛座，叫兩個小孩與外勞三人坐到後座去。

車子剛開動，國小生模樣的胖兒子問媽媽說：「喂！妳怎麼不去坐後面那臺？」

她沒好氣地回答胖兒子說：「要坐你去坐，我才不要坐那輛勒，全都是臭菸味，車子又舊，司機又老！」辣媽說完之後就開始滑手機。

我心想：「哇！這位辣媽說話可眞是辛辣啊！還好我的車子夠新、我也不抽菸。不過……我也已經不年輕了……」

辣媽一面滑手機，似乎想起什麼？她問後面年紀稍微小一點的女兒說：「妳知道Kobe是誰嗎？」

小女兒聲音帶著嬌氣說：「Kobe是誰？」

辣媽說：「他是美國很有名的籃球明星啊，大家都認識他啊！」

「他怎樣了？」

「他的直升機掉下來了啊。」

「他怎麼會從直升機掉下來？」

「噯！不是他掉下來，是他的直升機掉下來！」辣媽沒好氣的說。

小女兒嘟著嘴說：「那還不是都一樣……」

這時胖嘟嘟的國小兒子開口了：「Kobe很偉大嗎？」

辣媽一臉正經地說：「是啊！他是一位非常、非常偉大的籃球明星。」

兒子說：「那他掉下來，川普（當時的美國總統）有沒有去看他？」

辣媽大叫的回答說：「喂！你以為美國像臺灣這麼小啊？」

兒子理所當然地回答：「在臺灣的話，總統一定會去看他的啊！」

「喂！美國很大好嗎？而且川普還要忙著跟全世界吵架，他哪有那麼多美國時間啊？」

我在旁邊聽他們三人一來一回抬著槓，話題不斷轉換：從阿嬤家的年夜飯、昨天逛百貨公司的糗事，再聊到他們老爸腳上臭襪子臭得不得了，還有他的臭脾氣。母子母女三人談論得不亦樂乎，連擠在兩個小孩中間的印尼外勞，偶爾也會用印尼國語搭上幾句腔，車內氣氛相當有趣又熱鬧！

忽然間，兒子突發奇想，提出一個奇怪的問題。他問媽媽說：「媽咪，保險套是什麼啊？」

「你問這個做什麼？」辣媽有點奇怪的問兒子。

「因爲學校的課本裡有寫，而且同學都在討論這個東西啊！」

「喔，保險套啊……嗯～嗯～ㄟ～欸～那是用來不要生小孩的東西。」辣媽似乎終於想出完整的答案了。

「大人爲什麼不要生小孩？」兒子又好奇的問。

「因爲大人都怕萬一生出來的小孩子，都像你一樣，問題這麼多，眞的很煩人耶！」辣媽有點不高興。

「那妳告訴我，保險套長得什麼樣子？」兒子不放棄，繼續追問。

「那你要我找照片給你看嗎？」辣媽沒好氣的回答。

「那保險套怎麼用？」兒子轉移話題，看著媽媽說。

「哎呀！你眞煩ㄟ！等一下回家我到房間拿一個給你看啦！」辣媽終於受不了了。

就在這個時候，這位手上拿著貼滿亮片手機、身上噴著香噴噴香水、穿著一件大熱褲，大腿白皙、身材火辣的辣媽，似乎這才想起：「ㄟ，好像有一名司機大哥坐在我旁邊耶……」

我的眼角餘光感覺，辣媽坐在我旁邊，用一種似笑非笑的眼光，直盯著我看……

我危襟正坐，眼視前方，假裝很認真地在開車……

說老實話，當時我的心裡還眞有點擔心，她該不會問我的看法是什麼吧？好險，她沒有這樣問。

不過說實在，我還滿羨慕她老公的。

「啥？你們問我什麼？」

各位看倌啊！有誰家老公，能有幸娶到這樣一位，能跟小孩無話不談、打成一片，而且又辣又嗆的美麗老婆呢？

眞是令人羨慕的一家人。

Chapter 7

裕德學校

在這之前，曾經載過一位年輕媽媽的幼稚園小朋友來這裡一次，她叫我停在土城中華路「裕德幼稚園」大門口。當時我以爲「裕德」只不過是一家幼稚園而已。

這次載的客人也是一位年輕媽媽。傍晚時分，她手上牽著一個大約兩歲小女生，肩上背、另一隻手提著大包小包東西，感覺有點拿不過來的樣子。

我下車幫她把東西全放進後行李箱，好不容易她們才上車。媽媽喘著氣跟我說：「司機大哥，麻煩您載我們到土城擺接堡路的裕德學校。謝謝。」

當車快到時，我問年輕媽媽說：「妳是要去接裕德幼稚園的小孩嗎？」

媽媽說：「不是，我是去接在那裡讀小學的兒子。」

我好奇問她說：「喔～我以爲這間學校只有幼稚園勒。」

媽媽說：「不只哦，他們學校雖然規模不大，但它是一所完全中學，其中有幼稚園、國小、國中，還有高中部。」

「喔！原來如此。」我說話的時候，車也開到學校了。

校門口前正逢下班尖峰時間，路上車水馬龍。我把車子停靠在路邊，原來媽媽手上提的大包小包東西，都是準備送給學校舉辦活動用的物品。

下車前媽媽問我說：「請問您可以在這裡等我嗎？我接到小孩之後，還要麻煩你載我們回去剛才上車的地點。」

這附近是堤防旁邊，眞的非常不好叫車，而且還是上下班尖峰時間。於是我說：「好吧，等待時就以計程錶爲準，可以嗎？」

媽媽高興地說：「當然可以！但是可能要等一會兒喔？」

我說：「好，沒問題。」

我下車站在大馬路旁邊等。不遠處，聽見一位學校女老師與一位學生家長在交談，討論著小孩在學校的學習狀況。

這時許多家長紛紛來接自己的小孩，校門口也有許多老師幫忙招呼著他們。

家長們有的人開車，有的人騎機車，不過令我納悶的是，很少看到有雙B，或其他名牌轎車，多半都是開著普通轎車居多。也就是說，他們大部分都是中產階級家庭。

這讓我覺得好奇：「這是一所私立學校，照說應該會有很多有錢人送小孩來讀，但是看起來似乎不是如此，這倒滿特別的！」

這時有十多輛車身噴著黃色「裕德」的大型、中型小巴校車來回穿梭。可見學校裡的學生人數，還眞是不少。

一位滿頭白髮的老先生，騎著一輛舊機車停在我前面，他跟我笑著說，他是來接小孫子的。笑容滿面的老先生看起來十分和善，於是我們兩人聊起來了。
老先生說：「小孫子在這裡念國中二年級了。」
我問他說：「您爲什麼會把小孫子送來這裡讀書呢？」
接著他嘆了一口氣說：「唉，現在的小孩，大多已經沒有什麼尊師重道、孝順父母的觀念了，所以，我特別叫我兒子一定要把小孩送來這裡讀書。」
老先生抬頭看看學校大樓說：「這個學校真的很不錯，它不但有雙語教學，而且還有邀請各種藝術家來學校當專任老師，培養學生們對於美學、藝術方面的欣賞能力。」
老先生又說：「不只如此，學校還跟好幾個歐美國家長期合作，每學期定期交換學生。校方也鼓勵在校學生盡量找時間到國外作短期的『流浪教學』。這樣不但可以拓展學生的國際視野，也可以讓他們在安全的國外學校不同環境下，有機會體驗其他國家文化中不一樣生活風貌。」
我驚訝的說：「哇！這麼好！那麼這家學校的學費一定很貴囉？」
老先生說：「家長只要有心，投資在小孩身上的教育費，永遠都不會嫌貴。」
「我會讓小孫子在這家學校上課，是因爲我非常贊同他們學校辦學的理念。創辦人名叫廖裕德，他的教學理想是培養小孩子的品格、品質與品味。教育最基本的核心就是培養小孩子的良善品德。」
老先生一番話令我動容，尤其在社會亂象層出不窮的今天，還有人願意默默地用理想，來爲臺灣下一代播下希望的種子，更是難能可貴。

天色逐漸暗下來了，路旁街燈開始亮起。這時一名滿臉笑容的胖小孩跑過來，大聲地叫著：「爺爺！爺爺！」

老先生蹲下來，高興地跟胖小孩相互擁抱，然後帶著他坐上機車後座，兩人一起揮手跟我道別。

「一副多麼溫馨的畫面啊！」我心想。

等了大概四十分鐘，剛剛搭我車的媽媽，一手抱著原先的小女孩，另一隻手牽著一位小男生回到我車上。在車上小男生興奮地跟媽媽說今天學校上課的情形，還有他跟同學之間發生的趣事。媽媽只是微笑的點頭，靜靜地聽他說。

裕德：樸實無華的崇高品德。

眞的，一個人若失去品德，一切都將淪爲空談。

Chapter 8
雙面女

客人住在一棟高級住宅社區裡，她從大門走出來時，懷中還抱著一隻小狗。上了車，說了地址之後就開始打電話給信用卡公司。

這位小姐只有二十多歲，穿著一身名牌。因為抱著小狗，所以用手機擴音跟電話中的客服人員說話。

客服人員是一位年輕男孩子的聲音。他說：「您好，請問我能為您服務嗎？」

小姐說：「我要更改帳單地址。」

客服男孩說：「好的，我先核對一下您的資料。」資料核對好了之後，客服男孩問她說：「請問小姐您要改到哪裡？」

小姐說話速度很快，一長串的地址說得十分模糊不清。對方問她說：「對不起，我沒聽清楚，能麻煩您再說一次嗎？」

小姐又說一次，但還是語焉不詳，連我都聽不清楚。

客服男孩又說：「好的，地址我複誦一次……」他複誦了一次地址。

這個時候，年輕小姐突然發飆！提高音量說：「你是聾子嗎？我說了兩次，結果你還是聽錯！」客服人員複誦的地址錯了。

客服男孩有點嚇到，沒有答腔。小姐開始在電話裡大罵粗話，把對方罵得狗血噴頭。客服男孩在不斷被罵之中，終於勉強完成了小姐要求的地址變更登記。

這時候，小姐惡狠狠地丟下手中的電話，在後座用一種嫌惡、不屑，但聲音卻是輕柔詭異的口吻跟我說：「司機先生，您說這是不是太過分了，連改個地址都會弄成這樣，您說氣不氣人？」

她跟我說話的態度與語氣，跟兩秒鐘前180度大轉變，讓我吃驚！她對我的友善態度與對剛剛的客服人員，判若兩人。

我沒有回答她。因爲我發現，原來客服男孩是在電話裡，所以她敢發飆，但是我就不同，我活生生坐在她面前，所以她對我十分友善。她敢將自己的情緒發洩在電話裡，但卻畏懼於眼前這名陌生的計程車司機大哥，所以恭敬。

我從後照鏡看她的眼睛：兩個大熊貓般的黑眼圈。我想，她應該有長期失眠的問題吧，或許這也是導致她心理出狀況的原因之一。

下車時，她輕輕地將車門關上，不敢太用力，想來是會怕眼前這位戴口罩的司機大哥不高興吧？

在我經驗中像這樣的人，她的內心想必十分苦悶，一半是無比憤怒，另一半是深沉的恐懼。

開車離開時，我苦笑搖搖頭：「我既非她家人，也不是心理醫生，我只是一名運匠而已。對於她失衡失控失序的心靈，又能如何？」

Chapter 9
狀元司機

行行出狀元，計程車司機也是如此。

那天我臨時出門辦事，用App叫了一輛計程車，司機是一位年長老大哥，但感覺上他並不老，還很健談、很風趣，而且精神奕奕。

他說他專門跑機場線與高鐵站線，許多人都會跟他預約。老大哥說他已經快七十歲了，我好奇地問他：「哇！你快七十了！開車時間很長、在車上活動空間又有限，請問是怎麼調適心情與健康養生的？你看起來神清氣爽！」

經我這一問，打開老大哥話匣子。他說：「除了載預約客人之外，我每天早上都在機場或高鐵排班，因為每排一次班，等待時間大概三、四個小時，所以我就運動。」

「我會在排班中的路邊小跑步，每天如此，所以三～四個小時都是我運動的時間。」

我說：「難怪你這麼健康。那你開多久的車了呢？」

這時他手機響了，螢幕上顯示的是一位越南女子的照片，應該是他的女朋友。

他接通電話後用臺語說：「妳每次都在我載客時才打來，我閒閒的時候妳不打。每次都這樣，我沒空跟妳講，妳卡等再各打。」果然不錯，是他的女朋友。

他把電話掛上後接著說：「喔，小老弟，你可能不相信，我開車已經開了49年了。」

哇！這可令人驚訝！他說：「我從二十歲開計程車到今年69歲。我的第一份工作，也是最後一份工作。我明年初就要退休了。」

他接著說：「老弟，我看你應該是公務人員吧？」我說是，心中不僅佩服他識人的眼光，也尊敬他貫徹始終的敬業精神。

我好奇的問他說：「這麼漫長的開車生涯，是因爲你喜歡這份職業嗎？」

司機大哥感慨地說：「其實我不是很喜歡當計程車司機，但是其他行業我不熟，也只能靠開車過生活，一轉眼，就過了五十年。」

「在這段期間，我一共換新過九輛車，每一輛車的行駛公里數大約是七十萬公里。」

「我這一生，總共跑了630萬公里，人造衛星繞地球一圈只有四萬公里，等於我一生，繞地球跑了157圈半。」

哇！好偉大的「活體人造衛星」，我不禁對他肅然起敬。我又問他：「司機大哥，你的堅持精神眞是太令人佩服了！」

他說：「是的，我應該是全臺灣最資深的計程車司機，以前跟我一起入行的人，沒有任何一個人還在開車。」

他嘆了一口氣說：「在我們這一行裡，有許多人迷失了。有些沉迷賭博、有些販毒、有些當詐騙集團的車手，各式各樣的事情，都跟一件事有關。」

我問他跟什麼事有關？

他回頭看看我說：「金錢。」

「大家都爲了增加自己收入鋌而走險，其中有些人是爲了女人而身敗名裂。」司機大哥這番話讓我想起他手機畫面上越南女子的照片。

最後我問他說：「你的一生都在開計程車，我覺得政府應該頒發一面獎牌給你。」

我說的是眞心話，司機大哥大概知道我的祝福是眞誠的。他說：「有。我的公司曾經三次發給我優良司機、模範司機、全勤駕駛的獎狀。」

我說：「眞的嗎？那眞是太棒了！」

原本侃侃而談的司機大哥，似乎被這個話題觸動到內心深處的痛，他突然雙手往面前方向盤上一拍！然後高聲大吼說：「恁娘ㄟ！我明年初滿七十歲，就不可以再開計程車了，公司發幾張爛獎狀給我有啥小路用！連一毛錢該死的獎金都沒有，幹！」

我深怕他血壓飆高，所以與這位全國最資深計程車司機大哥之間對話，到此就告一段落了。

Chapter 10

網友家人

客人是一位八十多歲白髮蒼蒼、衣冠楚楚的老先生，十分健談，看起來像是一位大學教授或老師，我們在車上聊天。

我問他：「您有幾位小孩？」

他頗爲自豪的告訴我說：「我有兩個小孩，他們都很有成就，但都在國外上班。兒子在美國，女兒在英國。」

我問他說：「哇！您的小孩眞是有成就，他們有經常回臺灣嗎？」

老先生說：「我兩個小孩平時都很忙，一年只有回臺北一次，但是他們每天都會用手機視訊跟我聊天問安。」

我說：「不錯喔！很孝順！」

原來，老先生的老伴在多年以前因病去世了，現在他是獨居。老先生平時安靜慣了，不喜外出，所以他也沒有老朋友可以談心。

老先生在車上跟我說了很多心裡話，其中大多是老人內心的孤獨與寂寞。我明白這種感覺，所以我大部分時候只是聆聽，偶爾回應他兩句。

當到達目的地，老先生付了車資，他有點不好意思的說：「司機老弟，很謝謝你願意聽我囉哩囉嗦說這一大堆，眞的，跟你說話讓我感覺到溫暖。」

我笑著回答他說：「老大哥您別這樣說，聽您說話讓我長了許多知識耶！」

老先生從後座伸出手來拍拍我的肩膀說：「說實在的，雖然我的兩個小孩都十分孝順，但是他們距離我實在是太遙遠了。」

他嘆了一口氣搖搖頭說：「套句現在科技用詞，他們有點像是我的網友。」說完之後，我們兩人一起哈哈大笑起來！

是的，人與人之間相處，應該要感覺到溫暖，尤其是親密家人，若無法經常面對面接觸，而只能靠手機聯繫，那就眞的只能算是網友了。

這位老先生的處境令人同情，我們身爲子女的，無論如何，在百忙之中也要多抽一點空回家陪陪親愛的家人啊！

Chapter 11
土地女仲介

一大清早，在郊區一處舊公寓大樓前載到她。客人是一位女士，很年輕，大約三十多歲。全身黑色套裝，腳上蹬著一雙紅色高跟鞋，手上提個金色LV包。

一上車就有一股酒氣跟進車廂內。這位女士頭髮凌亂，一看就知道她才剛睡醒。

她正在講電話，她說：「同學，謝謝你借我住一晚，下次來臺北的時候，再送妳禮物好了。」

放下電話之後跟我說：「司機先生，我要到板橋高鐵車站。」

在車上我問她說：「小姐，您搭乘高鐵，有趕時間嗎？需要我開快一點嗎？」

她說：「噢，不用，你慢慢開就行了，我不急。」

因爲路程有點遠，我跟她閒聊說：「您是要坐高鐵回家？」

她說：「喔，不是，我是要回公司。」

公司？我對她的職業很好奇，看她似乎是做業務方面的人，乾脆直接問她說：「你一大早搭高鐵回公司，請問您是做哪一行業的？」

這位女士果然跟她外表一樣，看起來落落大方，回答也確實很乾脆。她說：「我們公司在臺中，是做土地買賣開發的，我這回上臺北，是來洽談臺北市中心一筆土地買賣的事情。」

我心想：「哇嗚！這筆土地交易金額，一定十分龐大！」

聊天中，她說她是臺中一家土地開發企業的資深業務，以前在臺北市繁華地區一家建設公司打滾過十多年。交談中，她教了我一些土地買賣的技巧。

她說：「譬如說，如果土地是家族親友共同持分，這種兄弟很多的案子是最麻煩的，所以要委賣這類的土地，必須先請他們召開家族會議，形成共識之後開出價碼，買賣的雙方心裡就有底線了。」

她深深吸了一口氣說：「像這樣的案子，對我來說，成交的機會非常高。」

這位美女業務員，說話坦誠直白。我略帶詼諧地問她說：「妳的酒量應該不錯，剛剛上車時我有聞到。」

她微笑的說：「哈哈哈！是的，我酒量真的很好。」

「那麼妳都喝些什麼樣的酒？」我問。

她豪爽的說：「我什麼酒都能喝，而且我還喝不醉。」

她告訴我說：「但是在喝酒的場合，我都會斟酌當時的情形，凡事前提都要以談成交易爲主，我跟客戶喝酒，只是應酬的一種助興方式而已。」

聽她這麼說，有一件事情我實在也很好奇，於是我試探地問她說：「您別見怪，我好奇如果對方業主，萬一跟你提出額外特別的要求，那妳該怎麼辦呢？」

對於這個問題，她聽懂了。她沉默了一下子才說：「嗯，這個問題牽涉的層面就很複雜，很難一言道盡。」她語帶保留的回答我。

一路上暢談，我真的很佩服這位南北奔波的女強人。我問她說：「您結婚了嗎？」她臉上露出奇怪的笑容，但沒有回答我。

我猜她應該是單身。

車子到了高鐵車站。下車時她跟我說：「明天是禮拜六，這兩天假期，我要當一個快樂的單身女郎！」

看吧！她果然單身！

Chapter 12

摸摸茶

悶熱的下午，在鬧區載到一位客人，是一位男士，大約五十多歲。上車後，他說：「先去接我朋友，然後再去另一個地方。」

接到朋友後，車開上高速公路，他朋友是一位三十多歲的男士，在郊區交流道附近上車，兩人坐在後座聊了起來。年長的男士跟年輕的說：「你小菜都買了嗎？」

年輕的說：「都買好了，攏係你最愛吃的熱炒，一共買了五種小菜。」難怪這位年輕男士一上車，我就聞到濃郁的熱炒香味。

年輕的問年長的說：「等一下到哪裡？要喝什麼酒？」

年長的說：「看你囉！你要喝啤酒，我就跟你喝啤酒，你要喝厚酒也可以，我都奉陪，酒錢我出，這些小菜錢你出。」

年長的又說：「聽說店裡來了好多新的年輕妹妹。」

年輕的說：「哇！太好了！等一下坐檯費我們就公家，一人一半。」我這才聽懂，原來他們相約要一起去有小姐陪酒的地方飲酒作樂。

到了店家附近，是一處大型工業區周邊地區。年長的指揮我：「這邊左轉。那邊右轉。來，再一直往前走。」因爲這裡的路我不熟，車子就在四周圍都是樹林的小路上，繞來繞去。

過了好一會兒，遠遠路邊有一處檳榔攤，年長的叫我把車子停在檳榔攤前面，然後掏出錢包，把車資350元拿給我，年輕的把小菜整理到袋子裡準備下車。

這時，一位上半身穿著清涼黃色小可愛，下半身穿著迷你短裙的年輕女孩子，嬌滴滴地從檳榔攤子的後方走出來。

年輕女孩看到兩人打招呼說：「哎呦！蔡老闆啊！好久沒有看見你了！我們都很想你勒！」女孩卯足了嗲勁，春意盎然。

年長的男子似乎高興得有點失控。他先把嘴巴邊的口水擦掉，然後說：「我不是來了嗎？你們最近有沒有新妹妹呀？」

年輕女郎說：「有啊，我們來了五個新的，很幼齒喔！」三人在車旁寒暄了好一陣子，露著肚臍眼熱情的窈窕女郎，接著引領兩人往檳榔攤後面樹林子裡走去。

我心想：「這倒是新鮮！這間喝酒的地方，沒有招牌、沒有店面、也不是開在市區裡，竟然會是隱藏在這般的叢林裡。如果不是熟門熟路，怎會知道這裡藏有一家摸摸茶呢？」

這樣子的阿公店，我還是頭一遭看見。下酒小菜是客人自己帶來，店家只供應場地、酒與小姐。

「這裡究竟是怎樣的一家摸摸茶啊？」

想起剛剛年長的跟年輕的說：「我最近壓力很大，需要好好紓解一下。」

是的，像這種地下茶室的經營模式，是既便宜又好玩。男人需要放鬆，女人需要金錢，店家老闆可以用低價的方式來吸引客人，三方面都各取所需。

至於計程車司機呢？不是也可以賺到一筆不算少的車錢嗎？

Chapter 13

買一串玉蘭花吧

每次經過這個路口，在等紅綠燈時，我都會搖下車窗跟她買兩串玉蘭花。偶爾，她還會另外送我一小朵白色茉莉花。

賣玉蘭花的老太太長得很瘦很瘦，乾巴巴，個子又十分嬌小，滿頭白髮上戴著一頂斗笠，每天日曬，焦黑的皮膚，滿臉皺紋。

我經過這個路口跟她買花已經很久了。大約四年前母親剛過世，每次經過這個路口到靈堂上香，都會跟她買兩串母親最喜歡的玉蘭花，放到她老人家靈堂牌位前的桌上。

買花時間與次數一多，這位瘦小老太太已經認得我與我的車子了。每當在她身邊停下車，搖下窗，她一看到是我，都會露出靦腆笑容說：「又看到你，今天要買幾串啊？」老太太總是特別從她背在胸前的花籃子裡，爲我挑選最新鮮、最芬芳、花瓣上還沾著一滴滴晶瑩露水的玉蘭花給我。

最近好一陣子沒有看到她了，今天下午才在十字路口又看到她。我問她：「最近怎麼都沒有看到妳？」

老太太用臺語說：「因爲我生病了，在家休息，沒有出來賣花。」

我看前面紅燈的秒數已經快變綠燈了。我趕快問她說：

「啊妳有要緊嗎？」

老太太臉上露出慣有靦腆笑容。她說：「還好啦，還能站在這裡賣花，表示身體還可以啦。」

我關心她說：「你在這裡賣花除了要小心車子之外，自己要注意身體健康喔！」

「好啦好啦，能在這裡賣花，是我最快樂的時候。」老太太回答我說。

這時綠燈亮了，後面的車子按喇叭催我。老太太看看後面的車子然後跟我說：

「每次看到你攏會跟我買花，讓我覺得很歡喜。謝謝你。」

其實，該謝謝的應該是我，因爲當客人上車的時候，都會問我一句話：「司機大哥，你的車子裡好香啊！請問這是什麼味道？」

我總會笑著跟客人這樣說：「那是一位慈祥的老太太，滿滿祝福的味道。」

Chapter 14

車站人生

在路上跑車，經常會看見一些新鮮事。

載客人到車站時正好中午，停好車，順便走路到B1美食小吃街買一個好吃的「鐵路便當」。

在車站一樓大廳，看見一位大約六十多歲，衣衫襤褸的街友，躺臥在大門入口處的長椅上睡覺。經過街友旁邊時，他剛好睡醒。上半身斜靠著椅背，神情迷迷糊糊地張著一張大嘴，打了一個大哈欠！緊接著連打了好幾個大噴嚏！「哈啾！哈啾！」的聲音，在大廳裡迴盪不已。距離他比較近的旅客們，紛紛慌張掩鼻，四處逃散……

在新冠疫情肆虐的當下，這位沒戴口罩的街友大哥，仰天連噴大噴嚏，讓四周眾人，魂飛魄散。但他只是擦一擦鼻子之後，又躺下來繼續呼呼大睡。

我停下腳步好奇地遠遠觀察他。

在他身邊地上，躺著兩個空酒瓶，散落一地的垃圾，以及潑灑在地上的酒漬。我的眼光游移著，發現在滿地垃圾與酒漬中，竟然夾雜著一張皺巴巴的一百元紙鈔！

看樣子，紙鈔應該是從他大衣口袋裡掉出來的。但是經過他身邊的旅客都不太敢看他，只是掩著鼻子匆匆走過。

所以，這一百元的鈔票，也沒有任何人發現。

過了一會兒，他搖搖晃晃慢慢地坐了起來，原來，他手裡還握著一只酒瓶。他全身家當，除了一個小背包以外，再沒其他東西。

他搖了搖手中的酒瓶，發現裡面還剩有一點點酒，舉起酒瓶，仰天喝了一口，等酒下肚，喘了一口氣，又搖搖晃晃地站起來。

我遠遠跟隨在他後面，想看看他究竟想往哪裡去？

他走走停停，先搖晃一下，再停停走走，再搖晃一下。迎面而來與他相逢的旅客，都小心翼翼地繞過他。

當走到通往公車轉運站出口時，街友大哥登上手扶電梯，終於離開了車站大樓。

我心中不禁感慨：「處處爲家，處處家；了了人生，了了人。人生對他來說，似乎只剩下手中那一瓶酒，那是他唯一能掌握的東西。」

或許有人會好奇的問我說：「剛剛掉落在他椅子旁邊地上，那一張皺巴巴的一百元紙鈔呢？」

其實，各位想的跟我一樣：「那一張一百塊錢，該怎麼處理呢？是撿起來還給街友大哥呢？還是交給警察叔叔失物招領？或是乾脆放進自己口袋裡算了？」

「但是，上面會不會沾滿許多細菌了呢？哎呀，眞是令人煩惱啊……」

其實。不用大家費心了。

當我走回那張椅子旁邊時，雖然街友大哥留下的垃圾、酒瓶、污漬，全部都還在，但那一張皺巴巴、髒兮兮、滿是細菌的一百元紙鈔，早已了無蹤影，不知去向。

Chapter 15

手機遺失驚魂記

我自己是一名計程車司機，所以對這件事情特別有感覺。從火車站搭計程車回家，發現手機掉落在車上。那輛計程車才剛離開，我還看得見他，本來攔下一臺摩托車，但駕駛嚇壞了，他以爲我是神經病，匆匆忙忙閃過我之後逃走了。

我當時眞的急了，等攔下一輛計程車再追去時，載我的那輛計程車早已不見蹤影。心急如焚，因爲手機裡有太多資料了，有我個人重要資料、珍貴照片、影片、所有親朋好友資料。說起來各位可能不相信，手機裡資料還有「外星人聯繫資料」、「全球情報系統紀錄」，哎呀，反正我的手機很重要就對了啦！遺失手機的感覺，是無法言喻的驚慌……更糟糕的是，我的手機處於「飛航模式」，所以根本打不通的……

無奈，只好悻悻然回到自家樓下，跟鄰居借了手機打給自己試試看，結果當然是語音信箱……

鄰居建議我先到附近派出所報案。我打電話到派出所，將經過情形告訴值班。他問我有空嗎？我說有。他建議我到派出所裡來一趟。

到了派出所一位年輕帥哥警員受理，他問我下車地點，然後帶著我進到辦公室。我們一起坐在電腦前面調閱錄影監視系統。他告訴我：「我試試看可不可以查到計程車的車號？」他一個路口一個路口回溯、一個攝像頭一個攝像頭專業地仔細調閱路線圖與監視器。

他的敬業、專注與專業都能精準地掌握住時間、動向與地點，真是令我佩服不已！終於在靠近車站附近的一個視器裡，看到了計程車的車牌號碼。

帥哥警員十分年輕，大概只有二十六、七歲，但他在調閱監視器時所表現的態度沉穩，有程序、有步驟、毫不紊亂，在電腦上也查到了計程車司機的手機號碼。

帥哥警員站起來說：「先生，麻煩您在這邊等一下，我聯絡計程車司機，問看看你的手機有沒有在他車上？」但是時間距離我遺失手機已經有一個半小時了，其實我沒有抱著太大的希望。

離開電腦桌之前，他順手把螢幕資料畫面關掉了，這個小動作充分展現了派出所主管在教育同仁時必須注意到這些小細節。由此可見這家派出所主管的用心與同仁的素質，不容小覷。

隔著玻璃門，我看見帥哥警員電話雖然有打通，但對方沒有接。

我的心中充滿失望……

帥哥警員走回到電腦桌前，再次打開電腦裡的司機資料，發現有第二個手機號碼。他把電腦畫面再關掉，再走回值班臺撥電話。

老天爺啊！竟然看見他正在和電話裡的人說話耶！

隔著玻璃門，隱約聽到他在電話裡跟司機說：「有人手機掉在你的車後座。」然後，帥哥警員跟司機表明身分，並告訴他派出所的地址，請司機大哥將手機送到派出所來。

當帥哥警員掛上電話的時候，我的眼淚快要掉下來了……他走回我身邊跟我說：「先生，你的手機還在車上，司機先生說他馬上會送到派出所來，請您在這裡稍候一下。」

我當下心情是激動的！是感恩的！是無法言喻的！眞想衝上去抱住帥哥警員親吻他的臉，但強忍住這股衝動！

沒多久，四十多歲的司機先生眞的把手機送回到派出所，爲了感謝他，雙手奉上千元大鈔酬謝，司機張口結舌，一副難以置信的表情！

回頭再次跟帥哥警員道謝。他笑著回答我說：「這是我們應該做的事情。」

這件事證明，臺灣計程車司機的素質眞高啊！喔！臺灣警察服務品質也眞是一級棒啊！

Chapter 16

檳榔花香的季節

一對退休老夫妻，幾天前預約我的車，他們兩人要一起去三峽「大寮茶場」喝下午茶。

到了以後，我剛把車停好，一陣濃郁花香迎面而來。「好香！」這對夫妻都在猜：「這是什麼花的芬芳啊？這麼的香！」

夫妻倆手牽著手，一起進到屋裡，在木桌上，泡了一壺「紅玉烏龍茶」。

茶香伴著「烏龍茶綠豆糕」，店家櫃檯小姐臉上泛著淺淺的酒窩，她淡雅的說：「那是後山上，遍野檳榔花的香味，每到秋天季節，那甜甜的芬芳，會瀰漫整個山谷一段時間。」

她邊說邊用手把日式木頭窗櫺打開，風將整群花仙子，一股腦地全吹進我們的世界！

臺灣有許多熱門景點美豔的花季與花祭，令人流連忘返，但大部分只限於眼中所見，此地雖不見花的美顏，卻讓人融入花的芬芳裡，美麗悸動的感覺，久久不能平復。

謝謝這對老夫妻，因為載他們來此，讓我也看見令人感動的美！

Chapter 17

九份老街

一家四口來自新加坡的客人，包車暢游九份，已做足功課的年輕帥爸爸跟我說：「我們知道怎麼玩，司機大哥，您在附近等就可以了。」

他們不需要導覽，我信步在老街上來回悠悠晃著，思緒也跟著回到過去。

記得四十年前，曾經有一位青澀高中小男生，牽著一位天真高中小女生的手，一起搭著搖搖晃晃的慢火車，滿心歡喜地來到九份。

看山、看海、看人潮。在年輕的眼睛裡，看到的盡是美好未來與無窮希望，心中充滿期待與憧憬。

四十年後，一位滄桑老司機開著計程車，載著一整車外國遊客滿心歡喜地遊九份。

這家人的歡喜，觸動了回憶中的往事，像是熟透的水果，甜膩芬芳卻難以入口。幾十年沒來這裡了，窄小的老街，兩旁店面五花八門、商品琳瑯滿目，四處瀰漫著美食芬芳，儼然已是一條熱鬧非凡、五光十色觀光商業街。

倚靠欄杆，望向遠方。

蔚藍的海面，蒼鬱孤挺的龜山島，美麗如昔，而老街裡古舊的地磚，工整平鋪在人們腳下，滄桑歲月，無情磨損，雖然表面已經斑駁，但古人所設計的防滑功能依舊有用，似乎默默訴說著前人所留下的智慧。

時光飛逝，歲月如梭。

記憶當中那一份樸實無華的純真，快樂又美好，像一幀一幀泛黃的照片：剎那即永恆。

Chapter 18

倒霉的一天

凌晨六點多出門跑車，街上還沒有什麼人。在路旁豆漿店買了一塊韭菜盒子，一邊開車一邊吃，沿途壓馬路等客人。

接連幾次App叫車系統響起，都只是副單，連螢幕畫面都還來不及看，就被其他同行立刻秒殺搶單。接下來兩個小時繼續壓馬路，業績竟然掛零……

倒是在半路上看到路邊一家賣滷味的攤販，買了一包五十元滷豆腐來吃，爲自己壓壓驚，讓心情好過一點。

這個月又得要繳半年的靠行費五千元、油價步步高升、馬路上跑來跑去的計程車也愈來愈多、而搭車的客人卻是愈來愈少……

客人少還不打緊，卽使叫車接單之後，才發現大部分是以短程客人居多，這種情形下好不容易接到的單，最多也只不過一百元的車資，唉……

幾天前，開車到7-11繳個水費單，在路邊只是臨時停一下，也被檢舉達人連拍兩張檢舉照片。

當收到罰單時，看到自己違規被偸拍的照片才赫然發現，檢舉達人拍照技術竟然如此地專業！無論是取景角度、牌照清晰度、影像擷取，皆是佳作！

我很納悶，他怎麼不去參加攝影比賽呢？

雖然被檢舉違規讓我荷包大失血，卻也不得不佩服檢舉達人必須用「很小心偷拍」的方式來進行採證，以免被駕駛人發現他在偷拍，最後被痛扁一頓。

看樣子，開計程車這個行業已不足以維生，是否該想想看，還有什麼其他方式可以賺點外快來補貼？

今天碰到一堆倒霉事，連在路口轉個彎，都會莫名其妙被過路人罵。吃頓午飯，也被店家老闆大聲疾呼說：「喂！你是吃完了嗎？請快點把座位讓出來可以嗎？」

最糟糕的是，晚上竟然還載到一名疑似神經病的女人，一上車就自言自語，口中念念有詞，眞是嚇死我了。

或許眞的該去寺廟裡燒香拜一拜了。

Chapter 19

聖母像

兩位年輕情侶包車，來到新竹橫山。客人下車後，我隨興逛逛「內灣老街」，發現街上一個轉角處，有一間天主堂。

在一片人聲鼎沸的老街上，天主堂雖然位於路旁，卻不是很起眼。原先我不知道這是哪裡？只是覺得裡面氣氛寧靜祥和、綠意盎然，讓人感覺很舒服的一個地方。

「怎會在這麼嘈雜喧囂的環境中，竟會有如此一方安靜乾淨的地方？」奇特的感受吸引了我，走進去探個究竟。

教堂裡的花園，草木扶疏，每一株植物似乎都生氣盎然，欣欣向榮。

看見一位修女正在修剪花草，過去跟她打個招呼，她也跟我微笑點頭致意。

我問修女說：「請問這裡是哪裡？」

她說：「這裡是內灣天主堂。」

我恭敬的說：「請問您是這裡的修女嗎？」她說是的。

我好奇的說：「奇怪，這麼大的地方，怎麼沒有看見其他的工作人員？」

修女笑著回答我說：「是的，教堂是由我負責，但是全部人員也只有我一個人。」

修女姓沈，年齡約莫七十歲上下，但身體十分硬朗，臉上充滿笑容，很容易讓人感覺到她的親切、慈祥與溫暖。

「喔，原來這裡只有沈修女一位接待人員啊！」我的聲音中帶著欽佩。但是不知道爲什麼？感覺天主堂裡，似乎都是天使，讓這裡呈現一片祥和與寧靜。

因爲快過農曆年了，沈修女帶領我參觀天主堂的新春布展，同時引領我環繞教堂四周，爲我解說具有意涵的壁畫，與園內陳列擺設。

沈修女也將天主堂創辦以來的歷史與典故，還有這五、六十年來所接引當地信眾，與教堂庇護所裡培育出來的學子，一一敍述給我聽。

當她講到「耶穌基督誕生故事」時，我的目光落在展間桌上一座小玻璃櫥櫃，裡面有一尊約莫僅只十公分高，象牙白的聖母像上。

「聖母，潔白寂靜，挺然獨立，而祂的光輝，映照在我心靈上。剎那間我覺得好美！好殊勝！」當時這尊小小聖母像，讓我感到非常震撼！

沈修女似乎注意到我的凝視與震撼。她輕輕地說：「很美！是嗎？如果你喜歡，可以帶回去。」

我喜出望外的說：「眞的嗎？」

她說：「是的。」於是她慢慢打開櫥櫃，輕輕柔柔地取出這尊聖母像，然後放到我手中。

當時我心中，充滿了驚喜！

我們並肩一起走到庭院，這時才發現，從老街上轉進來的遊客越來越多。雖然新冠疫情嚴重，但是在教堂裡，既不用實名制，也沒有人幫忙量體溫。因爲這裡只有沈修女一個人，只要是願意走進來的任何一位遊客，沈修女一律張開雙臂誠摯歡迎，並且一一點頭致意。

預約回程時間到了，情侶兩人在停車場上車回到臺北。

當天晚上，我坐在家中沙發上，雙手捧著聖母像仔細端詳。忽然一個聲音進到腦海裡：「我，是天主堂裡的聖物，目的是接引世間苦難的有緣人，未來你若有機會，請將我交給適當的人，或放在適當的地方。謝謝你。」

我突然覺得，聖母像應該要放在神聖的地方。「看來，我必須再安排一次內灣天主堂之旅，將這尊聖物歸還給聖地。」

Chapter 20

小女孩

叫車客人的位置距離我有點遠，有將近八分鐘路程。經過一條很窄的鄉間小路，才載到客人。是一位三十歲左右的年輕媽媽，襁褓中抱著一位小嬰兒，手上還牽著一位四歲左右的小女孩。

我心想：「小女孩應該還沒有上幼稚園吧？因爲身上衣服看起來髒髒的。」

媽媽體型非常瘦弱，健康狀況似乎不是很好。

她們要去的地方其實不是很遠，上車之後，小女孩就自己一個人自言自語說著話，媽媽抱著小嬰兒在看手機。

小女孩一個人咿咿呀呀地不停地說話，媽媽有點不耐煩，跟小女孩說：「你可以安靜一點嗎？不要說話！」

其實小女孩說話聲音十分好聽，輕輕柔柔的，樣子很可愛，天真無邪的表情。她也不管媽媽罵她，仍然繼續自顧自地說話。

車上導航系統，傳出方向指示的電腦語音：「請向右轉。」

小女孩學著導航系統裡的電腦語音說：「請向右轉。」她纖細柔美的聲音，好聽極了。

媽媽說：「叫妳不要說話，怎麼還這麼多話？你是要閉嘴？還是要挨揍？」小女孩仍然沒有理會她媽媽，繼續跟著導航系統的聲音說話。

當快到達目的地時，小女孩跟我說：「前面右邊的檳榔攤，請你靠邊停。」

我十分意外，因爲她說的話不是「電腦語音」。我回頭跟小女孩說：「好的，小妹妹，我會靠邊停。」

接著我問小女孩說：「你們要來這裡找誰呀？」

小女孩說：「我們要來找阿嬤。」

我將車子慢慢靠路邊停好，小女孩的手上，早已經捧好一堆的銅板準備要給我。

這趟車資，竟然全部都是零錢！

我故意裝作十分驚訝地跟小女孩說：「哇！妳給我這麼多的錢啊！」

這時，小女孩臉上露出燦爛的笑容，媽媽則是板著臉孔大聲說：「跟叔叔說再見！」

我笑著跟小女孩說：「妳長大以後，一定要好好照顧妳弟弟，還要照顧妳媽媽喔！」

這位天眞可愛的小女孩，我猜她的未來，一定會是她媽媽與她弟弟的守護天使！祝福她們。

Chapter 21

窩

叫車的中年男子，應該是一位人力仲介業者，身上背著一個大包包。他從一條不起眼的小巷子盡頭慢慢走出來，身旁跟著一名越南移工，移工手上提著兩個大袋子。

仲介男子自己沒上車，但他叫身旁的移工坐上計程車。仲介走到車旁，趴在車窗前跟我交代載這名移工到一處工業區。告訴我地址之後，他就離開了。

我看後照鏡裡，這名越南小夥子十分年輕，大概只有二十三、四歲的，個子矮小，人又瘦，我猜他的體重大概只有四十幾公斤吧。

車子開動之後，我好奇的問他：「你會不會說中文？」他愣愣的看著我搖搖頭，接著張開嘴巴笑了起來。他不笑還好，這一笑讓我差一點笑出聲來！

他笑的時候，嘴裡兩顆大門牙與兩邊各一顆牙，總共四顆，統統都不見了！

他傻笑與缺牙的模樣，眞是滑稽，但我忍住了笑。

因爲我以前的職業，曾經接觸不少外國人，其中越南人的個性，外表看起來雖然木訥老實，但其實內心世界卻是十分堅強、堅韌，因爲越南是一個打過長期戰爭的國家。

我開著車，閒著沒事，跟他閒扯了幾句。我們之間咿咿呀呀地用聲音、表情、手語互相交談，但彼此像是鴨子聽雷，兩人都只會傻笑。哈哈哈，還滿逗趣的！半個多小時，到達目的地了。

那是大型工業區附近的一處住宅，地點靠近河岸旁邊。車子到達的時候，遠遠的路旁已經有三名男子在那裡等我們了。

我將車子慢慢靠邊停，讓乘客下車。車外這幾名男士，看外表就知道同樣也是越南人。

其中一位年約三十多歲的男子站在我車子正前方，擋住我的去路。

另一位五十多歲男子，身旁跟著一名二十多歲的小弟，他走到車子旁邊彎下腰來打量我，再看看擋風玻璃前面執業登記證，然後抬頭跟車子前面三十多歲男子點頭示意，才把擋住車子前的路讓開來。

多元化計程車，車身與一般轎車相同，難怪他們會對我的身分產生懷疑。

但是爲什麼要懷疑我呢？或許這裡是一處越南籍非法移工聚集場所吧？

或許有人會問我說：「怎麼不去檢舉呢？」

唉！又不是重大刑案，有什麼大不了的呢？再說，我只是一名計程車司機，無論載的客人是誰？幹什麼？只要能舒適、安全、迅速將他們載到要去到的地方，社會萬象，自有道理，至於其他閒事，就隨他去吧。

Chapter 22

深山裡的精靈

客人是一位年輕小姐，不知道爲什麼？感覺她十分特別。長長的頭髮，白皙的臉。從她上車之後，只告訴我一個地點，全程都沒有說任何話，只是眺望車外的遠方山嵐。她給我的地點，是山區裡一條小路的路名。

她似乎心情滿不錯的，臉上泛著淺淺的微笑，這份潔淨的美，吸引了我的目光。感覺這位小姐似乎不像食人間煙火的世俗女子，倒像住在深山裡的花仙子，輕飄飄的感覺。

她在小路口下車，我看到她朝路旁不遠處，一條通往山裡的便道走去。我把計費錶歸零之後，並沒往回開，既然來了，索性往山裡開去吹吹早晨的山風吧。

出門得早，清晨才六點多，山裡還瀰漫著霧，一縷陽光灑在環抱群山的頂端，幫遠方山頭上添染了金色。

攝氏十七、八度的氣溫，微冷，亮著車頭大燈在小徑中慢行。

一路上都沒有看到來往車輛，突然間，對向車道下來了一輛小貨車。因爲路很窄，我禮讓他先行。在兩車交會時，小貨車上的司機輕輕按了一聲喇叭，表示「謝謝。」

我也回按一聲，兩個陌生司機雖然心照不宣，但互按喇叭表示謝意與不客氣的聲音，在我心裡還是感覺暖暖的。

往更深的山裡開去，路旁是林姓與陳姓兩家人的祖墳，宏偉地座落在布滿花草與樹木的山坡上。祖墳旁邊路徑清幽，對面小土公廟前，長滿了沾著露水的小花小草。花草的芬芳全飄進我的車子裡，瀰漫整車的花香，彷彿計程車裡載滿了許多美麗又充滿笑容的花仙子。

車子裡的花香仙子，一直跟隨著我，直到了大街上，遇見太陽，才依依不捨地逐漸散去。我低頭看看手上女孩剛付給我的紙鈔。「嗯，不是紙錢，是真錢沒有錯。」

這真是一次十分特別的經驗。

Chapter 23

搶生意

受疫情影響，最近計程車的生意很差。

在這附近已經繞了半個多小時，卻沒有客人。好不容易App終於響起，是一張正單（第一優先順位載客）。

等我到達社區大樓門口時，等了一會兒，沒看見客人。跟管理室人員聯繫，他們說客人剛剛已經被一輛計程車載走了。

「原來是被同行司機搶單，搶先一步把客人載走了。」我心中忿忿不平。這種情形已經發生多次，著實令人懊惱不已。但往好處想，或許是這位司機比我更缺錢才會這樣吧？

「唉，算了。」

悻悻然離開沒多久，App又再度響起。這次叫車地點就在隔壁大街上。

客人是一位高高壯壯的中年男士，手上提著一只沉重的公事包，應該是位公司老闆。一上車就跟我說：「司機先生，麻煩你載我到中壢。」

哇嗚！前一單被搶走沒接到，因禍得福接到這一位客人的長單（長途生意）！

從出發，到目的地，一路上路況良好，行車順暢，僅僅花了我三十分鐘就到達目的地了。

我回頭跟這位老闆說：「先生，謝謝你，總共750元。」

他拿了一張千元大鈔給我，下車時他跟我說：「司機大哥，不用找錢了，你的駕駛技術眞是不錯！開車也很穩。」

我開懷的笑著說：「眞是謝謝您啊！」

各位知道嗎？在回程的半途中，竟然又載到一位回頭車客人（空車回程又順路載到的客人）。

我心裡不禁感慨：「之前的那一位搶單司機，如果能稍微有點耐心，只要再等一會兒，或許這一單到中壢的長單，應該就會是屬於他的。」

唉，人心啊……

Chapter 24

B先生

沒有顯示客人姓氏，App螢幕上只註明是一位B先生。Google Map導航系統當掉了，害我跑錯地方。當趕到叫車地點時，這位年輕客人，早已斜斜地倚靠在路邊電線桿等我了。

客人體型瘦弱、手臂上有刺青、剃著一個小平頭，一上車我先他打招呼說：「小姐，妳好！」

誰曉得？他回瞪了我一眼！「喔！」我剎那間明白了！我立即改口說：「喔！先生，你好！」我看錯了，原來她是一位女同（女性的男生）。

「我在這裡等很久了。」她冷冷地說：「我要去臺北東區。」然後開始埋頭玩手機電動。

車開一陣子，我小心謹慎輕聲問她說：「妳在玩遊戲，要不要開車內燈呢？比較不會傷眼睛？」

她抬頭看看我說：「不用。」但臉上的表情已和緩很多。

我說：「妳是要去東區玩嗎？」

她說：「我要去上班。」原來她是一位百貨公司超市的結帳人員，二十一歲。

我關心的說：「妳好瘦喔，應該要多吃一點營養的東西。」

她說：「其實我每天只吃一餐飯。」

我驚訝地問她為什麼？

她說：「因為我要存錢。」

「妳一個月薪水多少？」

「大概三萬左右。」

「三萬塊在臺北生活能存錢嗎？」

她說：「怕沒有未來，所以一定要存錢。」

「妳每個月能存多少？」

「扣掉房租六千，我還能存兩萬。」

我驚訝的說：「眞的！妳好厲害！」

她只淡淡的說：「嗯。」

「四千多塊怎麼日子？」

「我每天只吃一個六十元的便當。」

「妳這麼瘦，難道不怕弄壞自己身體嗎？」

「跟你說，你大概不會相信。我經常吃冰箱裡過期的食物，有一次還吃到長蛆漢堡，所以常拉肚子。」她的話讓我聽了很難過。

「妳有自己喜歡的娛樂或興趣嗎？」

「有，我每個禮拜一定會去吃一次麥當勞叔叔。」

「妳都點什麼餐？」

「點一份大概一百元左右的餐。」

「這是妳唯一的興趣嗎？」

她說：「是的，這是我的小確幸。」

最後她補充了一句話：「在我身邊，這樣的人很多。」我知道她指的是性平的朋友。

車子到達目的地了，車資三百元。

我稍微想了一下，回頭跟她說：「兩百元。」

她拿給我兩百元之後，頭也不回的就下車走了。我明白，搭這趟計程車對她來說，是一次奢華之旅。

不過我比較好奇的是：「到底是什麼原因，讓她成爲這樣的人呢？」

Chapter 25

小男生與小女生

晚上八點多，在一家火鍋店前面載到他們兩個人。一位小男生，挽著一位穿著白衣藍裙高中制服的小女生。

小男生長得不高，理了一個小平頭，皮膚白白的，體格壯壯的。小女生穿著制服，背著書包，長髮甜美，很斯文，也很秀氣。

小男生呵護著小女生一起上車，跟我說了一個地址。

「嗯！運氣不錯！是長單。」我心裡這樣想著。

在車上，小男生緊靠著小女生，輕聲細語地問她說：「剛剛妳有吃飽嗎？」

小女生聲音細細的說：「嗯，吃得很飽。」

小男生又問：「我們一起吃火鍋，妳開心嗎？」

小女生低著頭說：「開心，謝謝你。」

小男生把手環過去摟著小女生左肩說：「我晚上會撥鬧鐘，明天早上打電話叫妳起床。」

小女生沒有拒絕他環抱肩膀的手，回答說：「我應該自己會起來，你明天不是也要上課嗎？」

小男生接著笑著說：「是啊，我明天早上來接妳一起上學啊！」

小女生有點感動的說：「不要這樣，我怕你會太累了。」兩人就這樣，坐在後座情話綿綿說不完。

說實在的，我很擔心小男生在後座會親吻小女生，那我會很尷尬，還好沒親她。

小女生家到了，是在郊區一處新社區大樓，但是附近路燈灰暗，應該是搬來這裡住的人還不是很多吧？小男生交代我在路邊等他一下，他要送小女生過馬路。

終於，我看見站在馬路對面的小男生，輕輕地親吻小女生臉頰。

等小男生回到車上之後跟我說：「請你開回到剛剛載我們的地方。」

在車上小男生開始跟我聊天。

原來他爸爸是做古董文物拍賣生意的，經常在世界各地旅行。這時候小男生已經收起剛剛跟小女生聊天時的純情，此時的他，露出一副「小大人」經驗老道的笑容。

我好奇的問他：「你經常送她回家嗎？」

小男生說：「是啊，經常啊，次數多到你們計程車公司應該發一張金卡給我了！哈哈哈！」他語氣中帶著驕傲與自信。

我半開玩笑地問他：「這位女生是你第幾任女朋友啊？」

他自豪地說：「她是我第五任女朋友。」這小子眞是花心。

我問他以前的女朋友呢？他笑著說：「我爸經常告誡我說，以後只要你有錢，漂亮女人就像衣服一樣，一件接著一件穿，一件接著一件換。」接著小男生開始說他的成長歷程。

他從小就不喜歡念書，但喜歡跟著他爸爸到處旅行做生意，一起玩古董。他爸爸古董生意做得很好，高一的時候爸爸就已經帶他去大陸上海市經商。當時小男生才國小五年級，跟在爸爸旁邊看他經營古董生意，另一方面來說，也算是學習。

他說：「你知道嗎？上海啊，是一個住著一大堆大富翁的地方！」

小男生又說，他早就學會騎摩托車了，也會開車。他說雖然自己只有十七歲，還沒有駕照，但因爲體格長得壯碩，警察不太會攔他，即使萬一被警察開罰單，他說家裡有錢也無所謂。

「難怪他能如此深得少女們的喜愛。」我不禁感慨萬千。

當車子快要抵達目的地時，我問他說：「雖然你爸爸有錢，但是你也得要好好念書啊，將來才能把你爸爸古董的生意做得更好啊！」

小男生不以爲然的說：「嘿嘿，司機叔叔，你要知道，我爸爸現在所有的錢，將來全都會變成我的，而且古董生意利潤眞的很好耶，我覺得我連高中都不需要再念下去了，唉，但是我爸爸說我一定要把高中念完，眞是的……」

下車前，小男生從牛仔外套的口袋裡掏出一千元大鈔拿給我，我要找錢給他，我問他說：「你怎麼不用信用卡綁定付款呢？」

他無奈地聳聳肩說：「因爲交女朋友的事情，我不希望讓我爸爸知道，所以我搭計程車都是付現金。」

他告訴我說：「不用找錢了。」

當他把車門關上時，嘴裡喃喃自語說：「我眞的很不喜歡念書……」說完之後，就把車門關上。

我望著他離去的背影心想：「有錢人家小孩想法，果然與衆不同。」

「或許等他高中三年讀完，應該很有機會幫他爸爸讀出幾個可愛的小孫子吧？」

Chapter 26

討債公司

這位神祕客人上車的地點，是一處有許多小型加工廠的舊社區裡，我到達的時候沒看到客人。

我下車查看，在巷子前後左顧右盼尋找客人，突然之間，從一輛貨車後面跳出一名魁梧壯漢！他這樣出現，可眞是嚇了我一大跳！

這名壯漢二話不說，打開車門，直接跳上後座。然後說：「快！開車！」

他帶著濃重的喘息跟我說：「載我到板橋車站，你要開快一點！」然後拿起手機開始打電話。

我從後照鏡中打量了他一下，四十多歲，一頭亂髮，雖然穿著T恤，但仍然可以看到他胸口的刺靑。

電話撥通了，他拿著手機跟對方說：「老大，錢收到了，但是不多。」

電話中的人回答說：「啊不多是多少？」

壯漢說：「幹！才一萬多塊！」

電話那頭叫老大的人說：「啊你有沒有數數看？」

壯漢說：「沒有。」

老大不高興的說：「啊沒有數，你怎麼知道是一萬多？」

壯漢也不太高興地說：「你叫我在車上怎麼數？」這個時候，我從照後鏡裡看壯漢，壯漢也剛好抬頭正在看我……這種情況讓我覺得有點滑稽，又有點尷尬。

我將眼神拉回前方，繼續開車。

他們兩個人就在電話裡，你一句，我一句地爭辯起來。

「喔，原來他們是討債公司的。」我心想：「難怪剛才壯漢一上車就一直喘息，應該是剛跟債務人一起做完激烈的自由搏擊吧？」

這時老大跟壯漢說：「網路車票已經訂好了，你趕快回來。」說完老大就把電話掛掉了。

壯漢的呼吸，依然透著濃濃喘息聲，我有點擔心：「他還在喘啊？會不會等一下在車上心臟病發啊？」

我忐忑不定的繼續開著車，當接近板橋車站時，因爲附近正在舉辦「歡樂耶誕城」，所以周邊道路大塞車，我只能慢慢往前推進。

壯漢在後座大聲說：「司機，你應該左轉才對，不該右轉。」

我跟他解釋說：「這裡禁止左轉。」

「因爲您趕時間，所以我從這裡先右轉，然後再迴轉，會比較快，可以省去繞回頭路。」他聽了之後沒有說話。

沒想到，還是遇到兩個長長、長長秒數的紅燈，因爲人潮洶湧，指揮的交通警察一次控燈三～四分鐘，好讓人潮過馬路。

這時後座這位壯漢開始躁動不安，在後面著急地催促我說：「你快一點好嗎？我高鐵快趕不上了！」但是因爲人多車多，又遇上紅燈，我也沒有辦法。

好不容易終於到達車站門口，車資175元。壯漢是「綁定支付車資」，但是他又不會用付費系統。

叫我幫他用，說實在的，我也不會。

結果從他鼻子裡「哼！」出一聲不滿，然後從口袋裡掏出錢包，拿出出一張五百元紙鈔遞給我。

我先找他三百元，但我的皮包裡找不到五元銅板，沒辦法，只好給他三個十元銅板。我說：「對不起，我沒有五元，只有三十元。」

他伸手拿走三十元，開了車門，頭也不回的就走了。結果175元車資，我只收到170元。

我從車窗外看著壯漢逐漸遠離的背影，心裡不禁感慨：「經濟不景氣，可以從這位討債大哥身上看出來。他竟然連五塊錢，都要占計程車司機的便宜，眞是的……」

Chapter 27

印尼新娘

她是在7-11 ibon叫的計程車。當我到達時，這位四十多歲胖媽媽，兩隻手提著大包小包東西，只穿著一件輕薄黃色短袖上衣，一條紅色大短褲，露出兩條圓圓雪白大腿。

這位長得白白胖胖的媽媽，才剛一上車，就用臺語大罵三字經：「拎娘乀！錢亂算！」她罵的是前一位載她的計程車司機，她繼續罵說：「也不跳錶，說要跟我用喊價的，罵他幾句就不高興，還叫我下車，只有短短幾百公尺，竟然跟我收一百元！」

原來遇上拒載的計程車，我笑著跟她說：「妳放心，我這臺計程車不會拒載，而且是照錶收費的。」胖媽媽聽完之後笑了，雖然大剌剌，但感覺她還滿開朗的。

車子開了一段路，她問我說：「司機哥哥，你看我像哪裡人？」嘿，她竟然叫我司機哥哥。

我說：「聽妳的口音不像是臺灣人，妳是越南人嗎？」

胖媽媽哈哈大笑說：「不對！不對！我是印尼新娘啊！」

她的模樣還真讓我看不出來是印尼新娘。我開玩笑的說：「難怪妳說國語的口音有點不太一樣，不過已經算說得不錯啦，還能罵人！」

聽完之後，她改用臺語跟我說：「我的臺語說得更棒，而且我罵人的三字經，說得眞的非常好喔！」她又開始開懷哈哈大笑！

接著她敞開嗓門，開始訴說她嫁來臺灣後的往事。

她嫁來臺灣已經二十五年了，只生二個小孩，現在在讀高中。但是生第二個小孩的時候流產了。

後來當她懷第三胎的時候，發生一些令她痛苦的事。她告訴我說：「當時第三胎懷孕，一檢查發現竟然是龍鳳胎，雙胞胎，我簡直高興的要命，因爲我實在太喜歡小孩了！」

我說：「那很棒啊！」

接著她眉頭開始皺起來。她說：「誰知道，我婆婆叫我一定要把雙胞胎拿掉，我當然不要！但是我老公不敢違抗他媽媽，所以他們母子兩個人一起強迫我要把龍鳳胎小孩拿掉……」

我訝異的問她說：「怎麼會這樣？結果呢？」

她說：「最後當然是拿掉了啊！」

我不解地問她：「爲什麼要拿掉？這麼做不是太可惜了嗎？」

她告訴我說：「因爲我婆婆跟我老公說，他們養不起第三個小孩……」我聽了以後，眞爲她感到遺憾，也覺得她滿可憐的……

這時，這位印尼新娘眼神落在窗外遠方。她告訴我說：「當我拿掉這兩個龍鳳雙胞胎小孩的時候，他們在我肚子裡已經長大到四個月了，到醫院照超音波檢查時，連眼睛、鼻子、嘴巴都看得到了……」

難怪從她剛上車，一直到現在，我總覺得她有點魂不守舍、瘋瘋癲癲，神智方面好像有些怪怪的。

雖然她的外表看起來快樂又多話，但其實她人在異鄉，勢單力薄，對於失去自己親生骨肉的雙胞胎，內心深處必定有深深的遺憾與痛苦……

我只能在心裡默默祝福，這位從異鄉來的媽媽。

Chapter 28

疤面小男孩

叫車地點在一家「藥妝連鎖店」門口。小男孩走在前面先上車，媽媽跟在後面。

上車時，媽媽用手大力推著小男孩的背，口中不斷大聲催促著他說：「你快一點好嗎？快遲到了啦！」

這位身材微胖四十歲左右的媽媽，蒼白略顯浮腫的臉，身上穿著一套名牌黑色連身套裝，她的脖子上掛著一串珍貴白色珍珠項鍊，閃亮的光芒，十分搶眼。

我回頭跟母子兩人打招呼說：「你們好啊！」剛上車的小男孩微微抬頭看了我一眼沒說話，媽媽也沒有理我。

小男孩看起來像是一位國小生，大概二、三年級吧，體格黑黑壯壯，理個小平頭。

但我發現，有一道腥紅色、長約五公分的舊疤痕，斜斜地穿越他的眉心，其明顯程度，比媽媽脖子上那串珍珠項鍊來得更搶眼。

難怪小男孩剛上車時看我的眼神，似乎隱隱約約地隱藏著某種恨意。眼神加上腥紅色疤痕，讓我心裡感覺毛毛的。

這時媽媽忙著一面講著手機，一面把車門關上跟我說：

「到中山北路。」

我問媽媽說：「請問有確定的路段或是門牌號碼嗎？」

她先是斜眼白了我一眼，然後沒好氣地說：「請你先開到那裡再說好嗎？」接著繼續講她手機電話。

一路上媽媽都在講電話，她跟對方抱怨，說自己的老公多麼糟糕且狀況連連。她說：「我告訴你，我老公眞是一個大爛人！憑什麼都要我聽他的？去他媽的！他憑什麼！」

手機那頭回答的聲音，是一位中年男子，因爲聲音太小，我聽不清楚男子在說什麼。

媽媽繼續罵：「我家那個混蛋，錢也賺不多，身體又差，眞希望他趕快去死一死算了！」

一直罵了將近有十分鐘，罵完之後，媽媽突然話鋒一轉，用溫柔的語氣問著對方說：「那你到底什麼時候才能回臺北嘛？我兒子一直盼望你帶他去兒童樂園玩耶。」

男人的回答似乎在說，他也希望能早點回來。媽媽又說：「我們好久沒有聚在一起了，大陸眞的有那麼忙嗎？」

喔，原來電話裡的男人，是一位臺商。

媽媽靜靜地聽完男人在電話中的解釋，然後用種試探性的口吻問男人說：「我問你喔，爲什麼每次你下班之後，都會無聲無息地消失四個小時？」

男人不語，她繼續追問：「是應酬嗎？爲什麼我打電話給你的時候，都是語音信箱？」男人沒有回答。

「是不方便開機？」媽媽拉高聲音，開始有點不高興了。媽媽再質疑男人說：「還是有其他不能說的原因？」男人在電話中解釋，但顯然媽媽並沒有得到滿意的回答。

只不過是一下子，媽媽的口氣突然又放軟了。她說：「好啦，你的辛苦我都知道啦，只是希望你能早點回臺北而已。」

這時計程車遇上紅燈，我把車停下來等，回頭看看這對母子。媽媽依然緊貼電話，輕聲細語跟男人情話綿綿。

坐在媽媽旁邊的小男孩，只是安靜地坐著，偶爾轉頭看向窗外，他的視線卻落在遠方。

「小男孩心裡在想什麼呢？」我心這麼想著。

媽媽終於掛上電話，她低聲地問小男孩說：「你不是跟我說，你想去兒童樂園玩嗎？」小男孩只是點點頭，之後，兩人之間再也沒有任何對話或互動了。

到達目的地了，我回頭問媽媽說：「小姐，請問是這裡嗎？」

媽媽冷冷地回答：「前面右轉，再一直走。」我繼續往前開了一段路。

「好了，好了，就在這裡讓我們下車！」媽媽不耐煩的說。

車資總共205元，媽媽先拿給我兩張百元鈔，然後在皮包裡開始翻找五元銅板，但是找了老半天，找不到。

我委婉的跟媽媽說：「既然找不到，那麼剩下的五元，您就不用給我了。」

媽媽似乎有點訝異我會這麼說，她抬頭看了我一眼之後，拉著小男孩的手就下車了。

在關上車門時，媽媽依然不停地用手推著小男孩的背，催促他：「走快一點啦！」

這一幕給我的感覺，好像小男孩永遠都擋住了媽媽的去路……

唉……讓我印象深刻的，其實不是媽媽的外遇，而是刻劃在小男孩額頭上，那一道詭異腥紅色的長疤。還有眼中那一抹，異常靜默又略帶著絲絲恨意的眼神。

Chapter 29
玫瑰

有時候，計程車載的客人，不一定是人。

叫車地點位於一間花店門口。等了一會兒沒有看見客人，但是花店老闆娘看見計程車停在門口時，會從店裡走出來，兩隻手各捧著一束包裝好的紅玫瑰鮮花。

「哇！兩大包好漂亮的玫瑰花啊！」我心想。

老闆娘走近車窗跟我說：「司機大哥，麻煩您幫我將這兩束鮮花送到這個地址。」她遞了一張紙條給我，還有三百元車資。

我接過鮮花與紙條之後說：「好的，沒問題，但從這裡到目的地，應該不用三百元，如果有多餘的車資，我該怎麼辦？」

老闆娘笑著說：「那麼就給您當小費吧！」

「喔！有這麼好的事！」聽她這麼說，我心裡十分高興！這嬌貴客人（兩束鮮花）身上散發著芬芳，靜靜地端坐在後座，我一邊哼著歌，一邊開著車，一路上滿車都是玫瑰花香。

我盡量慢慢開，小心翼翼地轉彎，連煞車的時候，都只輕輕的，不敢踩太用力，深怕這兩位嬌貴的客人會坐不穩。

沒多久，到達目的地了。那是一家知名連鎖美容院。

我雙手各捧著一大束玫瑰花走進美容院。店裡男男女女，大大小小的美容師大約有十幾位。我高聲地問他們：「請問陳小姐是哪位？這些花是送來給她的。」剛說完，所有人眼光同時落在角落一位短髮女孩身上。

現場眾人突然爆出一聲歡呼說：「唉呦！小麗啊！有人送花來給妳喔！」

這位叫小麗的年輕女孩個子不高，身材嬌小，斯斯文文，瓜子臉，一襲俏麗短髮，長得漂漂亮亮。她怯生生地走過來問我說：「司機大哥，請問鮮花是誰叫您送過來的？」

我大聲說：「在花束裡有一張卡片，上面有寫。」小麗滿臉通紅地把花跟卡片接了過去。

當我正要轉身離開的時候，小麗小聲的跟我說：「謝謝您，司機大哥。」

因爲剛好也快過中秋節了，聽她說完我笑一笑，然後回頭跟店裡所有的年輕人大聲說：「祝你們大家，中秋節快樂！」

我跟小麗說：「陳小姐，恭喜妳一次過兩個節，中秋節加上情人節！」這句話，讓現場所有人都笑開懷了！

嘿！我的這句話，同時也印證了小費的力量！

Chapter 30

白衣大士

我是在板橋夜市附近載到這位大姐的，她搭我的計程車要到臺北市萬華「龍山寺」。

這位大姐在車上告訴我說，她已經七十歲了，旅居海外三十多年，自己一人回臺灣居住已有六年。

我問她說：「您是到龍山寺去拜拜嗎？」

她說：「不是，我是要去布施。」

我納悶的說：「布施？」

她說：「是的，布施。」接著又說：「因爲那邊有好多街友，需要有人幫忙。」

我問大姐說：「你怎麼幫忙他們呢？」

大姐說：「我有錢，所以我會拿錢給他們。」

我從後照鏡看看這位大姐，她身穿一襲白衣，頭上戴著一頂白色尼絨圓帽，瘦高修長身材，白皙的臉頰，眞的像一尊白衣觀音大士。

我好奇地問她說：「大姐，妳經常到龍山寺發錢給街友嗎？」

大姐說：「是的。」

我問她：「爲什麼呢？」

她輕聲細語地慢慢說：「因爲我以前曾經得過一場大病，生病期間動過四次大手術，結果我沒有死，後來慢慢就逐漸康復了。」

大姐又說：「當時在手術進行當中，我夢到有一位菩薩在夢中告訴我，說祂是龍山寺的觀音菩薩，是祂去救我的，叫我等病好了以後要去布施。」

我問：「您的布施，就是發現金給街友？」

她說：「是的，街友們都好可憐，我以前每次發給一個街友五百元，也曾經給過他們一千元，但後來因爲他們互相搶得實在是太厲害了，所以有些街友就建議我，一次只要給一百元就可以了。」

大姐又說：「其實我自己的丈夫也是一名醫生，他說我這條命能救回來眞是撿到的，也是奇蹟，所以我才相信，當時眞的是觀世音菩薩救我的。」

車子到達目的地了，大姐下車之後走到龍山寺對面的「艋舺公園」，好多街友看見她來紛紛圍了上來，不過他們都十分守規矩，自動自發，排成一行，街友們似乎都認得這位大姐。大姐開始發錢給街友們，一人發給一百元。

大姐一一發錢，但過沒多久，我坐在車子裡看她好像發累了，乾脆把手中一大疊百鈔全部交給其中一位女街友幫忙她發，然後自己就走了，往剝皮寮的方向走去。

我慢慢開車離開的時候，心想：「哇，人間事，還眞是無奇不有啊！」

Chapter 31

花大姐

我是在7-11前面載到她的。

這位大姐看見車子到了，匆匆忙忙從7-11裡面跑出來，她一身的打扮，眞的像是一朵花。頭髮上面綁著一條繽紛彩帶，臉上則是濃妝豔抹，雖然瘦瘦矮矮的身材，但是感覺她手腳倒是十分俐落。花枝招展的她，手上提著一個裝得滿滿的大花提袋。

大姐的年紀，一眼看上去應該有七十幾歲了吧？一上車就嘰哩咕嚕地跟我講了一大堆話。

大姐說，7-11的店員很好心，幫她叫了兩次車，才叫到我這輛車。

大姐說，她以為是一輛小黃計程車，結果竟然是一輛自用車。

大姐說，她以爲車上會是一位老司機，哪曉得一上車，竟然看到一位大帥哥！

這些話逗得我哈哈大笑！這位大姐說話眞是有趣啊！

我跟她說：「大姐您眞風趣，您一定有很多姐妹淘吧？才這麼能聊！」

大姐笑著說：「我朋友才多呢！」

大姐從後面拍了一下我的肩膀說：「哎喲，小老弟啊，但是我才不會跟比較小的姊妹淘閒嗑牙、聊八卦呢！那是眞的是在浪費生命。很多小女人平時閒晃聚在一起，說的話都言不及義。」我問她爲什麼會這樣說？

她指指自己的腦袋瓜子說：「人啊，在一起聊天的時候，應該要互相提升，增長知識，我們一世人生，命是那麼地有限，像她們這樣子的聊，咻～的一下子，生命就過去了，那不等於白活一場嗎？」

我誇讚她說：「喔！大姐，妳有這種想法，眞是太了不起了！」

大姐臉上神情變成一臉嚴肅地跟我說：「你不知道喔，其實我是一個非常傳統的女人，我在家相夫教子前後四十多年，我把老公當成是我的天，我非常用心地照顧好他，他才能有力量把全家保護好啊！也因爲這樣，我的幾個小孩也都很有出息喔！」

我讚嘆的說：「妳眞是了不起！」我接著問她這麼急，是要趕去哪裡呢？

她說：「我現在是要趕著去見一對老夫妻，我們約好了一起聊天。」

我好奇地說：「那不就是閒嗑牙嗎？」

她不以爲然地說：「這哪是閒嗑牙？這對老夫妻最喜歡跟我聊天了！他們說，跟我聊天的時候可眞是快樂，每次我去跟他們聊天，都會讓他們夫妻兩人高興一整天呢！」

「嗯，這位大姐不但很有自己的想法，她的樂觀還很容易影響別人。」我心裡這麼想著。

在車上，她還細訴女人當人家老婆，需要有哪些正確觀念？應該盡哪些義務？

說得頭頭是道。最後嘆了一口氣說：「現在的女人喔，都太愛自己了，往往疏忽了老公，所以才弄得家庭生活一團亂……」大姐的話，句句說到我心坎裡，結果我只顧著聽她說，竟把車開過頭，不小心多繞了一些路。

當到達目的地時，我看見前面路旁，真的有一對很老的老夫妻在等她了。下車時，計費錶顯示215元。我跟她說：「對不起，剛剛顧著聽妳說話，多繞了一些路，乾脆少跟妳收十五元，妳給我兩百元就可以了。」

大姐從她的花提袋裡掏出兩百元紙鈔遞給我，接著又在袋子裡繼續找啊找的，結果又被她找出兩個十元硬幣。

她伸手把我的手拉過去，用她的雙手握住我的手說：「不行不行，你開計程車很辛苦，這二十元給你，不用找了。」

她把二十元硬幣塞在我手裡，當我正要收回手的時候，大姐順手在我的手上用力摸了一把。她笑著說：「帥哥，你的手觸感很好喔！我想你應該是一個十分善良的人吧？」

我不知道大姐是在吃我豆腐呢？還是逗著我開心？她看著我傻呼呼地愣在當下，一面哈哈大笑，一面逕自開車門下車說：「小兄弟啊，下次如果有緣再見面，你可以叫我花大姐！」

接著，她自顧自的揚長而去，只留下哭笑不得的我，還有那呆在半空中握著二十元的手。

Chapter 32

生日老人

天氣很冷，灰暗的天空中，下著霏雨。

那天我沒作生意，開車幫我大姐送一些東西過去。

等紅綠燈的時候，車前一輛小黃計程車也在等紅綠燈。

一位白髮蒼蒼的老先生拄著拐杖，步伐不穩的從路旁走到馬路中央，揮手跟前面那輛小黃計程車司機打招呼，然後想自己開車門上車。

這時燈號正好變綠燈，小黃司機不願意載這位拿著拐杖的老人，還沒等老人把車門打開，直接把車開走了。

老先生手已經握在車門把上了，小黃計程車卻突然開走，害他一個踉蹌，差一點跌倒在大馬路上。

這位走路不太方便的老先生無奈地拄著拐杖，一跛一跛又慢慢走回路旁。他沒有帶傘，只見他淋著雨，孤獨地一個人站在冷風中，等待下一輛計程車。

其實我已經離開現場了，但是剛剛這一幕景象在我心裡縈繞。

開到下一個路口時，我心裡想想，很不是滋味：「老先生身上穿的黑西裝，老爸在世時也有一套一模一樣的。」

於是，我將車調頭，開回去老先生剛剛等車的地方。

我把車子停在老先生前面，然後下車撐著傘走向前去跟他說：「老先生，我是多元化計程車，我可以載你。」我打開後車門，讓他看看椅背上的職業登記證，證明我是合法的計程車。

接著我說：「你要到哪裡？我現在載你去，不收費也可以。」

老先生笑了，他說：「謝謝你，我願意搭你的車，我也會付車錢給你。」於是，我扶著老先生上了車。

我問他要去哪裡？他給了我一個地址，其實離這裡不是很遠。

在車上我跟老先生聊天。我說：「老先生，你幾歲了？身體狀況看起來還不錯喔！」

老先生很高興，他說：「我八十歲了，年輕人。不過在近兩年，我中風過兩次，所以走路不太方便。」

我眞誠的說：「你看起來不太像中風的樣子。」

老先生說：「運動，我都是靠走路，走路是最好的運動。」

我說：「是嗎？」

老先生繼續說：「我每天早上從家出門走路，經過兩個公園，然後再往回走，來回三公里。我上午走一次，傍晚走一次。我一天走六公里。」

我說：「老先生您的意志力眞是令人敬佩，一般年輕人都沒辦法一天走這麼多的路。」

老先生說：「是的，我就是靠走路才能維持現在的體力。」老先生的話，讓我覺得汗顏，我的毅力比不上他。

說著說著，車子就快到目的地了。我問他說：「你今天來這裡做什麼呢？」

老先生說：「我今天要去拜訪老朋友，找他們聊天，而且晚上大家約好了要一起聚餐。」話才剛說完，就到達目的地了。

車資九十元，老先生給我一百塊錢，他說十元留著當小費。我下車幫老先生開車門，撐著傘護送他到騎樓下。

老先生感謝地拍拍我的肩膀，然後說：「年輕人，你知道嗎？今天是我八十歲生日，你能載我來這裡，對我來說，眞是一份很棒的生日禮物。謝謝你。」

Chapter 33

黑道大哥

App裡面傳來一單生意，路名是我從來沒有聽過的，是靠近一處菜市場旁邊的一條小巷子。

一位魁梧壯碩的中年男子，旁邊跟著一名年輕小伙子，從一棟舊磚房的一樓大門走出來，門上掛著十幾個大紅燈籠。

魁梧中年男子穿著鱷魚牌鮮紅色T恤，脖子上戴著一條大概有手指頭一般粗細的純金項鏈，理個平頭。年輕小伙子體格精瘦，一身黑衣，也是理個平頭。一看就知道兩人是黑社會：「一位大哥，身邊帶著一名小弟，就跟電影裡演的一模一樣。」

年輕人坐上車後座之後，大哥靠在車窗邊交代他事情，大哥用臺語說：「等一下你把事情處理好，再打個電話給我。」然後跟我揮了揮手，意思叫我開車。

這名黑衣年輕小伙子約莫二十七、八歲，我客氣地問他說：「請問您要到哪裡？」

他跟我說：「你直直駛，我等一下會跟你說。」於是我開始開車，黑衣小伙子坐在後座，指揮著應該往哪走？

一路上他指揮著說：「直走。右轉。再斜斜地走。再順順地直走。前面這條巷子左轉。再開到大馬路上。」

一路上我都回答他說：「好，謝謝。」「嗯。」「是。謝謝。」

他繼續指揮著我說：「順著馬路，直直走到艋舺大道。」

當我開到艋舺大道，快到夜市的時候，他突然說：「好！靠路邊停！」我猛然停車。黑衣小伙子似乎覺得我跟他搭配得很好，他滿意的笑了一笑。

他拿兩百元車資給我，當他開門正要下車的時候，我回頭跟他說：「少年ㄟ，謝謝你帶我走正確的路。」

當他關上門正要轉身的時候，聽到我說這句話，身子稍微頓了一下。誰知道，他竟然又打開車門，彎下腰來跟我說：「大仔，眞多謝你喔。」

黑衣年輕人這個舉動讓我感到十分意外。我心想：「或許他能感受到那句話裡的眞誠與親切吧？」

「還是他以爲我話中有話？」

Chapter 34

生氣的鳳飛飛

她站在一棟豪宅住宅大樓的門口等車。剛上車時，就能感覺到她身上有一股熊熊怒氣，氣息跟著她一起進到車子裡面來。

這位四十歲左右的女士，頭上戴著一頂圓形窄邊黃色草帽，穿著一件淺色領口上衣，一條窄口鬼洗牛仔褲，腳上是灰色布鞋，整個人看起來十分帥氣。

她讓我想起以前一位知名歌手「鳳飛飛」。

我問她：「小姐，請問要到哪兒？」她說了一個地址，必須走高速公路才會到。

這趟是長程單，但是因爲她身上泛著怒氣，我不敢播放音樂，怕會引起她的不愉快。

車子在高速公路奔馳，我從後照鏡裡看見她頭靠在椅背上，兩手交叉在胸前，眼睛望向窗外，面無表情，臉色蒼白。

車內氣氛有點沉悶，我在心裡默念佛號迴向給這位女士祝福。過了一會兒，女士身上的怒氣似乎眞的有稍稍減少了一點。

車子下了高速公路，再幾分鐘就可以到目的地了。我還有一點時間可以跟她對話。於是我開口問她說：「小姐，您待會兒車子要停在幾號出口？」

她本來在閉目休息。她回答說：「離捷運站最近的出口停就可以了。」

我微笑著說：「小姐，您頭上戴這頂帽子，搭配身上的衣服，看起來十分好看。您是服裝模特兒嗎？」

她似乎有點意外，然後說：「我只是照著時裝雜誌上介紹買來穿的，模特兒？我哪有那種身材？」

我帶著讚美的口氣說：「您客氣了，您的整體搭配讓您看起來十分亮麗，尤其是頭上這頂帽子，看起來非常帥氣！」

她臉上終於露出難得的笑容，她說：「哈哈，謝謝你。」

她一邊下車一邊笑著說：「我是信用卡綁定付款，要不然就多給你一點小費。」

我笑著回答她說：「沒關係，我知道，下車時請小心，謝謝您搭車，祝您順心。」她再看看我，臉上再度露出笑容，然後關上車門。

雖然我們對話十分簡短，但我覺得，待會兒她跟對方見面時，心裡的憤怒或許會少一點、喜悅會多一點吧？

Chapter 35

五十元

是在板橋一棟五十層大樓企業總部前面，載到這兩位OL女士。

兩人一上車，一位年齡大約四十多歲的女士跟身旁二十多歲的年輕女士說：「剛剛董事長所交代的案子，妳要詳細記錄下來，並且照他吩咐去辦理，事後要追蹤，如果有任何問題，妳可以直接跟我報告。」接著年輕女士，開始說明她對整個企劃案的了解程度。

在她們交談中，可以聽得出來，較年長女士，應該是這家企業總部裡的高層人員。

因為我才剛開計程車不久，是一名入行新手，所以經常會忘記客人上車要按下計費錶才能計費。直到開過一座大橋之後，才突然想起：「啊！糟糕！剛剛忘記按錶了！」這時我才伸手將計程錶按下。

當時我的心中真是懊惱，但想想也只能怪自己太粗心大意，只好照錶少收一些車資了。

兩位女士一直都在談論公事，等到達目的地之後，我回頭跟她們說：「總共一百七十元，謝謝。」

這個時候，那位四十多歲的女士從後座伸手給我兩百二十元，然後笑著跟我說：「司機先生，我平時搭計程車來這裡，車資都是兩百二十元，剛剛我有看見你忘記按錶了。」我頓時說不出話來。

她看看我然後淡淡笑著說：「就這樣吧，謝謝你載我們到這裡。」

唉，臺灣人的細心與溫情，就在這五十元車資裡面，顯露無遺！

Chapter 36

看牙齒

中午買了一個便當，準備開車回家享用，在十字路口等紅燈時，看見街角一位女士正在攔計程車。幾輛小黃經過她面前，但車上都載有客人，她攔不到車。

這位女士看起來似乎心急如焚……

綠燈亮了，我乾脆迴轉，把車子停在她前面。我問她說：「小姐，要搭計程車嗎？」她看了一眼前座的執業登記證，二話不說，開了門就跳上來，用著急的口氣說：「司機先生，我趕時間，麻煩你載我到信義路。」

這位女士穿著看起來像是上班族，我關心地問她：「剛剛看妳在路口攔不到車緊張的樣子，是有緊急事情嗎？」

女士擦著汗說：「是的，我要趕著帶我老爸去看牙齒，他現在牙齒痛，中午我只有一個小時午休時間能帶他去看醫生。」

我問她說：「你爸爸幾歲了？」

她說：「喔，我爸爸將近一百歲了。」哇！真是長壽啊！

沒多久就到他爸家了。雖然附近路況我還滿熟的，但我竟然不知道會有這條小巷子？它藏在一片樹林後面被遮住了。

哇！這裡竟然還有紅磚瓦的老舊三合院古厝！

女士下車從古厝前面廣場跑進中堂，接著與另一位老太太，一起攙扶著一位拄著拐杖、滿臉笑咪咪的老先生從中堂圓拱門裡走出來。

這位將近一百歲的老爸爸，滿面掛著燦爛的笑容，雖然從臉上皺紋看起來眞的很老了，頭頂上又無毛，但是整個人外表卻是神采奕奕的！

女兒小心翼翼地攙扶著老爸爸上了我的車，這時不知從哪裡冒出來一位阿巴桑，她大聲地問老爸爸旁邊的那位老太太道：「阿婆啊～妳不跟妳先生一起去嗎？」阿婆一面攙扶著老爸爸一面說：「免啦！免啦！我女兒陪他去就好了啦！」原來阿婆是老爸爸的老伴，看上去這位阿婆應該也有九十好幾歲了吧？

因爲車上載著這位國寶級的老人，所以我的車子開得很慢……很慢……有夠慢……非常慢……剛剛有一條狗，經過我車子時，牠還刻意回頭看了我的車一眼。

叫車的女士坐在後座關心地問她老爸爸說：「牙齒還痛不痛？」

老人家笑嘻嘻地說：「還痛，還痛，不過沒關係，沒關係。」女兒一面安慰著老人，一面還用手幫忙按摩著老人的手掌心。

牙科診所其實距離她家不是很遠，是在一處傳統市場裡，那裡的街道非常窄小。在車上時女士就已經先給我一百元，她說：「司機先生，眞的謝謝你能載我們來這裡，但診所的巷弄太小不好停車，所以車錢我先給你，剩下的就當作小費吧。」

我說：「好的，謝謝你，你眞是一位孝順的女兒。」

到了診所門口，雖然來往的車輛很多，但我管不了那麼多，我把車子停在馬路中央，開門下車協助女兒一起攙扶老爸爸走到診所門口。

當我再回到車上時，前後左右被我的車堵住的腳踏車、摩托車、汽車一大堆，連走路的行人都無法順利通過。

但是各位知道嗎？竟然沒有任何一輛車按喇叭，也沒有任何人抱怨，無論開車的人或是行人，他們全部都停止在那裡，每個人都靜悄悄地在等著我回來把計程車開走。

請問，這一幕神奇不神奇呢？

Chapter 37

特種機械操作員

運氣不錯！接了一單要到桃園機場的客人。

這位客人五十多歲，個子不高，壯碩的身材，理一個小平頭。臉上掛著笑容，上了我的車。

在車上閒聊，我問他說：「看您沒帶什麼行李，是要到機場接人嗎？」

他說：「喔，不是，我是要去澳門。」

「去澳門做什麼呢？」

「我是去工作。」

臺灣人到澳門上班？這倒很少聽到。我好奇的問他說：「澳門有什麼工作可以給臺灣人做？」

他笑著說：「司機大哥，你看看我這一身佈滿磨損的粗布衣服，就知道我是做工的。我是特種機具的駕駛員，因爲現在大陸正在蓋跨海的『珠港澳大橋』，我是去那裡幫忙建造大橋的。」

這讓我更加好奇。我問他說：「難道大陸沒有這方面的技術人員嗎？」

他說：「不是沒有，而是技術純熟的人員數量不夠，所以他們才會從海外徵才。」

他苦笑著說：「以前臺灣過去大陸賺錢的人叫臺商，哈哈，我現在這種情形叫臺勞，稍微高級一點的臺灣外勞。」他說話十分客氣。

原來目前大陸正如火如荼的建造一座工程浩大的跨海大橋，極需要大量各方面的技術人員參與。臺灣不但人員技術高超、經驗豐富，而且在語言方面，更是沒有任何障礙，所以大陸方面才會積極地向臺灣徵才，一方面可以補足大陸技術人員不足的問題，另一方面還可透過相同的語言，指導當地人或是大陸方面的技術人員，讓他們在操作技術上能更加嫻熟。

我問他說：「那你這次過去澳門要工作多久呢？」

他說：「我每一次去工作三個月，再回來休息半個月，然後再過去。」

我問他說：「那邊的收入會比臺灣高很多嗎？」他笑而不答。

過一會兒他跟我說：「司機大哥，收入雖然是我主要的考量之一，但其實更重要的是我在澳門那裡獲得足夠的尊重與重視，這才是令我願意到海外工作的最主要原因。」

其實他說得沒有錯，在桃園我有一位好朋友他是開怪手（大型挖土機）的司機，但他不久前才剛跟我抱怨說，他現在的工作，有一餐沒一餐的，讓他眞的不知道該怎麼辦？

我說：「大哥，我有最後一個問題，爲什麼沒有看見你的行李呢？」

客人正準備從口袋拿出錢給我。他回答我說：「兩邊都是家，需要帶什麼行李？」

到機場門口後，看著他晃著兩串香蕉，兩手空空走進「出境大廳」。我心裡想：

「是不是應該打個電話，跟我那位開怪手朋友，跟他說這位客人告訴我的事情呢？」

Chapter 38

原住民一家人

一家五口，三個大人兩個小孩，大包小包行李好幾包，其中一包小行李還是由我司機抱著放在腿上，因爲實在擠不下了。

他們是遠從臺東來臺北依親的原住民朋友，大哥帶著老媽媽與妹妹，還有妹妹的兩個小孩來找妹婿。

原先我想幫他們另外改叫一輛大一點的計程車，大哥卻扯著嗓門說：「沒關係的啦！絕對可以擠得下的啦！」結果眞的全部擠進我的車裡。

坐在前座全身皮膚黑麻麻的大哥說：「哎啊！司機大哥啊！我老媽媽站在路邊好久啦！天氣熱，這裡空氣又不好，弄得我們滿臉都是土，我們不想再等了，麻煩你的啦！」

等全都好不容易上車之後，因爲他抱在懷裡的大行李包頂到了車頂，讓我無法看到照後鏡。他接著說：「哎啊！擋住你的鏡子啦！」

我說：「沒關係，我會慢慢開的。」

大哥說：「這樣子啦！你要轉彎的時候我幫你看後照鏡有沒有車就好了啦！」我從後照鏡看到老媽媽在後座聽著，點點頭微笑表示同意。

他老妹在後面弄兩個頑皮的小孩，忙得不可開交。大哥大聲說：「小朋友們，不可以吵鬧，沒禮貌！」

所以我只好播放鎮定兒童專用曲——〈大樹的循環〉，那是敍述一棵大樹從生到死的故事，一會兒兩個小孩就眞的靜下來了。

大哥、老媽、老妹三個人在車上用母語交談著，不時哈哈大笑，原來他們是專程來幫忙他妹婿經營自助餐店的，因爲店裡缺人手。原住民朋友們的樂觀開朗個性，讓坐在駕駛座上這位藍色的憂鬱司機，心中好生羨慕。

到達目的地時，我幫他們把大包小包行李全卸下車之後，黑麻麻的大哥問我多少錢？我說：「總共240元。」

大哥從口袋裡掏出三百元給我，然後用粗糙厚實的兩隻大手掌緊握著我的手說：「司機大哥，眞的辛苦你啦！剩下的錢你拿去買小米酒喝啦！謝謝啦！」六十元小費。這是自從我開車以來，所拿到小費最多的一次。

這一家子的合家歡，讓我離開時心中滿是溫馨：「臺東，一方擁有無限陽光、海洋與熱情的家鄉。嗯，看來我規劃下回旅遊的時候到了。」

Chapter 39

手機胖小弟

爲了找叫車的地址，在附近小巷子裡繞了好久，好不容易找到時，已經超過叫車預定時間許多。

四處張望看不到叫車的人，心想他可能等不及已經走了吧？當我正這樣想的時候，突然車後門被打開了，上來一位胖小弟，他正低著頭看右手上的手機，另一隻手打開車門坐上後座。

我問他：「是您叫的車嗎？」他說：「是的。」然後告訴我臺北市東區的一個地址。

我按下計程錶，跟他說：「對不起，剛剛地址不好找，所以找了好久來遲了一點。」

胖小弟善解人意地說：「喔，沒有關係，沒有關係，這巷子裡的地址眞的不好找。」胖小弟不但胖，而且很高，大概有180公分吧，穿著像是白領上班族。

在車上我跟他解釋遲到的原因，我說：「我手機的導航語音系統好像有一點問題。」

胖小弟放下手機，歪著頭跟我說：「來！我幫你看看！」我回過頭去把手機拿給他，他按了幾個按鍵之後，再把手機交還給我，導航語音系統竟然恢復正常了！然後他又低著頭滑手機。

其實臺北市區的交通路線對我這名計程車司機來說，有如一張錯綜複雜的迷宮一樣，我經常會走錯路，當然，這次也不例外。

在市民大道高架道路上開著開著，我又錯過了應該要下去的閘道口。我剛要開口跟胖小弟說對不起時，他善解人意地說：「喔，沒有關係，沒有關係，下個出口再下就可以了。」他的這句話，讓我對這位二十歲出頭的年輕人另眼相看。

我問他說：「您是從事什麼行業的啊？」

他說：「我是做網路行銷的。」從聊天中得知，胖小弟只有二十三歲，但在公司裡面他已經帶領一群五、六人的團隊了，專門負責幫客戶做網路服務、規劃與行銷，因爲生意非常好，所以他每天都搭計程車上下班，可見收入頗豐。

其實胖小弟讓我驚艷的並非他的能力，而是他的個性（善解人意，爲人著想，態度溫和，不亢不卑），成熟度遠比同年齡層的孩子來得高，難怪他可以帶領一群年輕人。聽他自己說，他的團隊中包括幾位比他年長的同事。

到達目的地後，車資總共430元。我跟他說：「因爲剛剛我下錯閘道口，稍微繞了一些路，我願意少算三十元，您付我四百元就可以了。」

他笑著說：「阿伯，你開車很辛苦的，就算430好啦，我是網路綁定付款的。謝謝你。」

我說：「小弟，謝謝你，你眞是善良！」

胖小弟在即將關上車門時，探下身來對我說：「其實臺灣人都很善良的。」

胖小弟說對了。只要人能擁有一顆善良的心，眼睛裡所看到的世界，也會是一個善良的世界。

Chapter 40

不安的兒子

叫車客人是在一處傳統市場裡面。

一位中年媽媽帶著一位十五、六歲青少年的兒子，兒子手上拉著一個大行李箱，媽媽提著包包，兩人站在路邊等候。

當我車開到的時候，高中兒子先把大行李箱放到我後車箱，再跟媽媽一起上車。

這時，在遠處傳來一名男子對著青少年的喝斥聲：「你去坐前面！」

青少年趕緊換到副駕駛座坐下來，原來罵人的男子是他爸爸。

爸爸臉色表情十分難看，手上也拉著一個大行李箱，粗暴地打開後車箱，把箱子塞進去，再「碰！」地一聲關上後箱蓋。

我有點不太高興，心想：「媽的，你能關輕一點嗎？」

爸爸坐上了後座，我從後照鏡打量這位身材魁梧，表情嚴肅，不苟言笑，大約六十歲的中年男子。

兒子坐在副駕駛座，我一面開著車，眼角餘光偷瞄旁邊這位高中生。他不安、焦躁的摩擦他的雙手。身體不停地左右搖晃著，不安地轉過來、轉過去。

我能感覺到他內心裡的焦慮與不安。

三人都沒有說話，車內空氣是僵硬的。兒子好不容易找了一個話題，他跟爸爸說一件學校裡發生的事情，但還沒說完，後座的爸爸就開始用嚴厲口吻指責兒子：「不是跟你說在學校不要這樣子嗎？結果你還是這樣子！怎麼我講的話你都不聽嗎？」

媽媽靜靜地坐在爸爸身旁，並沒有幫父子打圓場，反而小聲地附和著爸爸的說法。

我轉頭看著旁邊的兒子，他大概只有高中一年級吧？削瘦的臉龐、蒼白的皮膚與惶恐的神情，他的年紀跟我小兒子差不多。

我心裡油然升起一股憐憫之心，我想，這個小孩應該長期處於爸爸威權式的嚴格管教之下，十分明顯的，他已經失去自信了，而且可能還伴有嚴重焦慮症。

他們一家人是要搭高鐵去高雄，當快到板橋車站時，媽媽說：「司機，請開到西門。」

爸爸反駁媽媽大聲說：「司機，你開到北門！」爸爸跟媽媽兩人在後座發生爭執。

我提出中肯的建議說：「走西門會離高鐵售票處比較近。」於是爸爸不說話了。

這一家人的精神狀態感覺都滿緊繃的，尤其是可憐的高中兒子。

到車站西門前，我把車停好，預備下車打開後車箱幫他們把行李拿下來。媽媽說：「司機大哥，不用！不用！我們自己來！」爸爸沒有說話。

最後我還是幫他們把所有行李放在人行道，我跟爸爸說：「祝福你們全家能有一次愉快的旅行。謝謝你們搭乘我的計程車！」

這時爸爸臉上終於勉強擠出一絲難看的笑容，用僵硬語氣跟我說：「好啦，謝謝你。」

看著三人離開的背影，我心裡默默眞誠祝福他們，尤其是那位焦慮的兒子。他讓我想起自己的小兒子，我眞的好想念他。

Chapter 41

歐洲人

在三重一處舊公寓社區巷子口載到他們，是兩位穿著牛仔褲及襯衫的外國人。其中一位五十多歲的男士，蓄著長髮，還有滿臉大鬍子。一上車就告訴我一間大飯店的名字，那是他們要去的地方。

有外國人搭我的車，讓我感到十分新鮮。於是我就問他們說：「請問你們是來臺灣旅行嗎？」

大鬍子男士用不太標準的中文說：「喔，不是，我是要請我的好朋友去那裡吃鐵板燒啊！」

我說：「喔，鐵板燒！好吃喔！」我看看坐在他旁邊的朋友，差不多四十歲左右，白白淨淨，斯斯文文，長得像是一位藝術家。

我用英文問大鬍子：「Where are you come from?（請問你們從哪裡來的呢？）」

大鬍子用英文回答我說：「Europe。」

我聽了之後，想了一下。我用中文問他說：「埃及嗎？」

他笑著回答我說：「不是Egypt（埃及），是Europe（歐洲）。」

我還是覺得很奇怪，我問他從哪裡來，意思是指哪一國，但他卻回答我歐洲？

他看到我臉上狐疑的表情，應該是了解我的困惑，於是他清楚地再次回答：「是南歐。」哇靠！這個回答讓我更加糊塗？到底是歐洲的哪一國呢？爲什麼他不直接說他是哪一個國家的呢？

突然之間，我恍然大悟！喔，原來在他們認知裡，歐洲是一個整體，稱之爲歐盟。歐洲對他們來說，其實就是一個國家，所以他會說他來自南歐（這個國家的南部）。

原來，歐洲人心中的世界觀，跟我們臺灣人的不太一樣。

了解了以後，我開始跟他們閒話家常。原來這位大鬍子男士，娶了臺灣媳婦在臺灣已經住二十二年了，以前夫妻兩人住臺中，現在搬來臺北。我問他說：「你在這裡生活這麼久，覺得臺灣如何呢？」這位大鬍子老外，拍著他旁邊好朋友的肩膀說：「臺灣太好了！溫暖熱情又有人情味，而且臺灣小吃太好吃了，尤其是鐵板燒！美味又便宜！」

當到達飯店門口，兩人要下車時，大鬍子旁邊的帥哥好朋友終於開口了。他用歐洲腔的英文跟我說：「The happiest thing for me to come to Taiwan, is to taste local delicious food（我來臺灣最開心的事情，莫過於品嚐你們好吃的美食）！」

Chapter 42

黑芝麻粉

車外好大的風雨。

中午買了一個好吃的便當，把車停在路邊吃，才剛吃完想車上小睡片刻時，看見左前方不遠處，一位八十多歲的白髮老人，雙手提著好幾個大型購物袋子，畏畏縮縮地躲在大賣場停車收費機旁邊小棚子裡，避著大風大雨。

雖然是中午，車窗外溫度仍然偏低，而且突然刮起風，飄起雨來。這位高齡的白髮老人，彎著腰，屈伏著身軀，兩條腿不停地發抖著……

我想，他應該是自己一個人走路來大賣場買東西，因爲天冷，又臨時遇到這場風雨，體力不支，才被困在雨棚子下面進退不得。

「我需要過去幫他嗎？」雖然心裡這麼想，但風雨這麼大，實在有點爲難……

終於熬不住自己的良心，於是穿上外套，拿了一把「五百萬保障」的大傘，開了車門，穿越馬路跑到對面去。我問他說：「老先生，您需要幫忙嗎？」老先生臉頰削瘦蠟黃，看上去健康狀況似乎不怎麼好。

他抬頭看看我說：「沒關係，我站一會兒就好。」但是他的兩腿依然不停地發抖。

我說：「我是多元計程車的司機，我可以開車送您回家。」

老先生聲音沙啞的說：「謝謝您，可是我身上沒有錢了，剛剛買東西的時候全都用掉了。」

我說：「沒關係有啦！我不收您的錢，來，我載您回家！」我心想，反正他家應該就住在這附近吧？

我撐著傘攙扶老先生過了馬路，讓他坐上後座。我問他住哪裡？果然，他就住在附近。

在車上我不敢跟他聊天，因爲他氣若游絲，看起來十分虛弱。到達他家樓下時，我再扶著他慢慢下車。

當走到他家樓梯口時，老先生慢慢地伸手從手上的購物袋子裡，拿出來一包東西遞給我。

那是一包黑芝麻粉。

老先生似乎喘過氣來了一點，他說：「我沒有錢給你，這包芝麻粉請你吃。」

我硬是不收，但老人硬是要給，兩人站在騎樓下推來推去。終於我拗不過他，只好收下了。

這位可憐的獨居老人，晚景如此淒涼，當他需要外出購物的時候，若沒有人幫忙，就眞的只能靠自己勇敢的活下去了。

當我開車離開時，低頭看著倚座上的這包黑芝麻粉，心頭不禁溫暖了起來：「這一趟車資，還眞是特別啊！」

Chapter 43

吊銷駕照

這位客人是從一間鐵皮屋搭建的屋子裡走出來的，屋簷下，斜斜掛著一塊霓虹燈閃爍的小招牌，用大紅字寫著「哥再來小吃店」。

三位年輕越南籍女郎，陪著這位客人走向我的車子，一面走一面聊天，女郎們笑得花枝招展。乘客是一位將近六十歲的男士，他回頭跟三位越南女郎揮手道別之後，開車門上了車。越南女郎們彎下腰往車窗裡盯著我看，臉上濃妝艷抹，風塵味十足。

八分醉意的客人上車後，先打了一通電話，對方似乎是他兒子。在電話中他跟兒子說：「我現在要回去了，蛤？晚自習怎麼搞的那麼晚？你先騎那個叫什麼？什麼？的腳踏車，你先回去吧。」

或許他已經醉得腦子有點迷糊了，搞不清楚是什麼樣的腳踏車？我善意的回頭輕聲跟他說：「先生，那是叫做U-Bike啦！」

他說：「噢！對啦！對啦！是U-Bike。你先騎那個叫做U-Bike的腳踏車回家等我，我回去再煮飯給你吃。」

只聽見電話那頭的小男生回答了一聲「喔」就掛上電話。

男客人接著閉眼靠在後座上休息。

我將Google導航設定好，這時他醒過來叫我走另外一條路。他說：「走這條路雖然比較遠，但是在下班時間比較不會堵車。」他應該想早點到家，不太在意繞遠路，於是我照他的意思走。

在車上他帶著酒意問我說：「運匠，你有六十歲了嗎？」

我說：「我剛好六十歲。」我回問他：「那你幾歲呢？」

他斜靠在椅背上笑著說：「你看呢？」

我說：「你看起來只有四十幾歲。」

這位客人笑了。他自豪地說：「哈！我只少你四歲。」我看看照後鏡裡的他，在他臉上佈滿濃濃厚重的歲月風霜，實際上已不如他想像中的年輕了。

接著他開始訴說他的人生：「我搭計程車回家，是因爲以前酒駕兩次被警察抓到，所以出來喝酒就不敢開車了。」

他說：「我們蓋房子的人都常常喝酒。幾個月前第一次酒駕被吊扣駕照，罰了很多錢。上個月第二次又被警察抓到，我的駕照就被吊銷了。實在眞是衰！」這個時候，他的不滿情緒全都宣洩出來，一路上髒話連篇，大罵政府許多措施。

「幹！酒駕抓那麼兇！」

「幹！罰款讓我幾乎沒辦法過日子！」

「幹！建築法令的規定亂七八糟！」

「幹！房子貴得要命！」

他嘆了一口氣，又說：「幹！進口香菸賣得那麼貴！」

罵到最後好像沒力氣了，我試探著問他說：「那取締酒駕到底好不好？」

他換了一個姿勢說：「是啦，是可以少一些人被撞死，這倒也不錯啦。」是吧，難得他也是有一些正面的看法。

我猜這位大哥應該是一位單親家庭的父親，而且是從事建築業，有一位正在念書的兒子跟他一起住。

唉，辛苦生活是他的日常，所以他到茶室喝酒放鬆心情，我很能體會他的心情，就讓他在車上暢所欲言，我不再打斷他的話了。

黑夜降臨，終於他家到了。他住在郊區半山腰上一處偏僻的社區裡，那裡不但荒涼空曠而且風很大。我把車停在掛著「此路不通」牌子的巷底，因爲已經眞的沒路可走了。

車資總共355元。我把車上小燈打開，他好不容易才從髒髒的牛仔褲口袋裡掏出四張皺巴巴百元鈔票，在昏黃燈光下，伸手把錢遞給我。他說：「剩下的零錢，你就留著吧。」接著搖搖晃晃下了車，渾厚寬闊的背影，低著頭，消失在轉角的陰暗處。

Chapter 44
糖尿病父女

舊曆年的除夕前一天載到一對父女，老爸爸大概有九十多歲了，女兒也有六十多歲。爸爸走起路看起來十分羸弱，拄著拐杖一瘸一拐地好不容易讓女兒幫忙牽他上車，然後女兒再繞到另一邊開門上車。

上車之後，臉上戴著口罩的老爸爸似乎很疲倦，把頭靠在椅背上閉目養神。女兒跟我說：「司機先生，我們要到臺大醫院門診部。」

車子剛開上路沒多久，老爸爸就說他人不舒服，請我把空調開大一點。

我把冷氣稍微開大一點，老爸覺得還是不太舒服，他又自己把右邊的車窗搖了下來，讓外面空氣吹進來。

我從後照鏡看到老爸爸的臉色十分蒼白，瘦弱的女兒身體狀況似乎也不好，雙手雙腳都是皮包骨，我想應該是長期照顧她生病老爸爸的關係吧。

她在老爸爸旁邊輕輕地問他說：「爸，是不是你前天在醫院洗完後指數太低？」

老爸氣若游絲的說：「應該是吧。」幾天前老爸爸應該是去洗腎。

女兒問他說：「你今天有吃早餐嗎？」爸爸搖搖頭。

女兒又問：「要不要來顆糖？」爸爸又搖搖頭。女兒只好在旁邊幫她爸爸按摩頸子、肩膀與手臂。

車子開到臺大門診部附近時，我的車子才剛從大馬路轉進巷子，就看見整個廣場全是滿滿的車子，一輛接著一輛擠在醫院大門口。

因爲只有大門口能讓老人或坐輪椅的病人安全地上下車，所以我搖下車窗，拜託前面幾輛排班的小黃計程車司機讓讓路，我跟他們說：「我車上有病人啦！」他們聽到之後才讓開一條路，現場有幾位警衛正在疏導進場車輛的秩序。

我跟後座這對父女說：「你們不要急，等我慢慢地把車子開到門口，你們再下車。」大概又排隊等了十分鐘，才終於開到大門口。我下車協助父女兩人，幫忙讓老人坐上醫院準備的輪椅。

這時老爸爸慢慢地回過頭來跟女兒說：「女兒啊，記得要跟司機先生說一聲謝謝。」

老先生這句話，像是一股暖流流入我心中。

Chapter 45

拐杖傘

到了叫車地點，那是一處周邊全是高聳大樓的小公園門口。遠遠看見一位穿著藍色制服的警衛，攙扶著一位老太太慢慢走過來。白髮蒼蒼，手上拄著一把拐杖型的粉紅色雨傘。

警衛先是跟我招招手，然後小心翼翼地攙扶老太太上車，將車門輕輕關上才離開。

老太太用臺語跟我說，她要去醫院看牙齒。老太太不好意思的說：「醫院的地址我不知道，因爲我不認識字，但是我知道怎麼走。」

我用臺語笑著回答她：「不要緊，你只要跟我報路（指路）就可以了。」於是我將車慢慢地開上車道，盡量讓老太太能看清楚我走的路線。

老太太十分健談，一上車就打開話匣子跟我聊天。老太太說她兒子長期在泰國做生意，她現在是自己一個人住在一層五十多坪大房子裡，一共有四個房間，是兒子買給她的。但她嫌房子太大，不好打掃。

我問老太太說：「那你兒子爲什麼不接你去泰國住呢？」

老太太說：「有啊！我曾經到泰國曼谷去住了三個月，雖然兒子家房子很大，又請三位傭人，但是我還是住不習慣，因爲那邊的人講話我都聽不懂，而且又沒有朋友，有時候我想出門去逛逛，但路也不認識。想想還是回來臺灣住會比較習慣。」

這位老太太已經八十多歲了，身體還算硬朗，她自己煮飯給自己吃，八十多歲獨居老人竟然沒有請外勞幫忙，所有的生活起居，都是她自己一個人料理。

她長年茹素，她說她都用苦茶油來炒青菜、拌麵線。她從不外食，每天只吃自己炒的半斤青菜（分量她還用手比給我看）。她每天自己買菜、自己煮飯、自己打掃，雖然辛苦，但是老太太甘之如飴。

沒多久到了醫院，這是一趟極短程的載客服務，車資總共八十五元。老太太給了我一百元，我找給她十五元。

節儉的老太太伸手慢慢地將十五元收進她的小錢包裡。我原本開車門想攙扶她下車，但是老太太卻堅持自己下車，婉轉謝絕我的協助。

老太太先將手上拐杖雨傘移到車外，再將雙腳慢慢移出車外。下車時，我看到老太太兩手緊緊地握著雨傘手把，好不容易才跨出車門，等兩隻腳都站穩了之後，再騰出左手，慢慢把車門關上。

看著老太太離去的背影，她拄著雨傘的雙手，感覺像是正緊緊地握住他兒子的手一樣。

因爲剛剛在車上聊天，老太太告訴我說：「我用的這把雨傘，就是當時跟兒子一起住在曼谷時，他買給我的。」老太太在說這段話的時候，眼神裡充滿了慈愛。

Chapter 46

孝子

今天是連續假期第一天，市區沒什麼人，生意不好，繞來繞去沒客人。剛從街角轉彎，看見7-11超商門口停了兩輛小黃也在等客人。

後來算了一下，在這條短短不到兩百公尺的街道上，竟然有五輛空計程車正在等客人，想了想載客機率十分低，於是慢慢準備離開這條街。

才剛要轉彎，車上APP就響了。客人叫車的位置，就在同條街尾的全家超商前。

一位身穿牛仔褲帥氣十足的年輕小伙子，身手俐落地上了車。一上車就敞開喉嚨說：「麻煩您載我到臺北大學旁的路口，謝謝。」這位二十多歲的小伙子很有禮貌，短短的頭髮，素淨的臉上還帶著笑容。

平時我載客人時不太與客人聊天，一方面要注意路況，又得看導航，還需隨時小心那些冷不防，不知道從哪裡竄出的馬路三寶，所以我只簡單回答他說：「好的。」於是按下錶，就往目的地方向開去了。但才過一會兒，年輕小伙子主動跟我攀談。他好奇地問我說：「司機叔叔，你的車子好新喔！」

我說：「還好啦，已經三年多了。」

「你保養得很不錯！」

「謝謝。」

小伙子說：「其實我爸爸也是開計程車的喔！」

「眞的？那我們是同行！」

「是的。我爸爸的車子也保養得很好，所以坐上你的車，就讓我想到我爸爸。」

小伙子笑得挺開心的。

這位年輕人十分健談，他的話題也引起我對他的興趣。我問他說：「你今天是要去找同學嗎？」

「喔，不是，我是要去學校對面的7-11上班。」

「喔？假日還要上班，十分辛苦。這是你的正職嗎？」

「不，我的正職是在一家電腦公司上班，但是我都會在假日時到7-11兼差。」

「哇！你身兼二職，眞是不簡單。那麼你不就幾乎沒有假日？」

「是的，我一年工作365天，因爲這幾天是連續假期，我有四天時間可以多賺一點。」

「能不能告訴我，你爲什麼要身兼二職？」

帥氣的年輕人爽快的說：「說實話，我跟女朋友約定，我預備在三年內要存滿一百萬元娶她。」

換成我好奇了，我問他說：「你們怎麼約定的？」

「我今年27歲，我女朋友24歲，我們計畫三年後結婚生子，所以需要這筆錢。」年輕小伙子誠懇地說。

「你爸爸沒有給你錢嗎？」

「沒有，我爸爸開計程車已經很辛苦了，我還拿錢給我爸爸。我在電腦公司一個月將近四萬，假日7-11兼差，每個月可以多賺一萬多元，算算總共五萬多。」

我好奇的問他說：「你還給你爸爸錢？你怎麼分配每個月的收入呢？」

他看著我說：「我跟我爸爸講好，他開計程車的油錢、洗車錢、車子保養費、材料費都由我出，開車的收入全都給他。而我自己一個月開銷一萬五千元，我每個月還可以存兩萬多元。」從他眼睛中，我看見他的孝順。我眞是佩服這位年輕人，他給爸爸錢的方式非常聰明，不但能讓他爸爸感到貼心，而且開車時不會有壓力。

我從後照鏡看著這年輕人臉上滿足的表情。我又問他說：「你有其他兄弟姊妹嗎？」

「沒有，我是獨子，而我媽媽早逝，所以我是由我爸爸從小帶大的，我們父子感情很好。」這也難怪，父子兩人，相依爲命，雖然沒什麼錢，但想必生活一定十分幸福。

我看著車窗外的藍天，心中升起無限感慨。

7-11快到了，他似乎感覺到我心中的慨嘆，他說：「叔叔，今天能搭到你的車讓我感到很高興，你的車子不但十分乾淨，而且你車開得很平穩，讓人覺得很舒適。」

我把車子停靠路邊，我說：「謝謝你，車資總共160元。」

年輕人付了錢之後正要下車，在關上車門前，他笑著跟我說：「今天天氣晴朗，祝叔叔您有一個豐收的連續假期！」

Chapter 47

翅膀人

客人從我車窗前面走過，叫車的這位客人是一位約莫二十七、八歲年輕男孩，肩膀很寬，但身體瘦瘦的，長相斯斯文文的。

上了我的車之後，他把身上背的小包包放下，然後跟我說：「麻煩你，我要到內壢火車站。」我說：「好的。」車就開了。

當車子上了高速公路時，我問他說：「您要到內壢車站，其實滿遠的，爲什麼不搭火車去呢？」

他說：「因爲我已經習慣坐計程車了。」

我心想：「哇，這位年輕人可眞是大方啊！」

在車上跟他聊天才知道，原來他是新竹科學園區裡的工程師，這兩天他休假，所以上臺北來找他的女朋友。

他告訴我說：「我的女朋友是我小學同學，她是一位腳不方便，坐輪椅的女孩，我跟她的感情很好。」

我心裡納悶：「這麼一位優秀的年輕人，怎麼會有一位行動不方便的女朋友呢？」年輕人似乎看出我心中的疑問，於是他說：「司機大哥，其實你不知道，你看我很正常嗎？」

我說：「是啊，你是一位年輕又有高收入、工作能幹的年輕人啊！」

年輕人用著平靜的語氣告訴我說：「其實我從小骨骼上就有先天發育不良的情形，你知道嗎？」我很訝異他會這樣說。

在等紅綠燈的時候，他叫我回頭看，於是他背對著，刻意地將他的脊椎與兩個肩胛骨拱起來。

「哇！我的天哪！」在他的T恤下，兩邊的肩胛骨全都彎成「弓」字型，眞的像是從他的背上長出一對小翅膀，而中間脊椎骨，也比一般正常人突出許多。

他平靜的說：「我從小就是這樣子，小學同學幫我取了一個外號，他們都叫我『鳥人』。」當他在說這些話的時候，語氣中透漏著無奈與辛酸。

我蠻同情他的，但又不能表現出來。我問年輕人說：「難道沒有辦法矯正治療嗎？」

他說他已經看過很多骨科及神經外科醫生了，但都說這是先天性骨骼畸形，若是硬要開刀，一定會傷到神經，雖然生活上還算正常，但也因此很難交到女朋友。所幸有這位同病相憐的女同學，一直對他不離不捨，所以他們的感情一直維繫的都不錯。

他說：「其實這次我來臺北，就是跟女朋友談論結婚的事情。」

我問他說：「你女朋友在臺北做什麼工作呢？」

他說：「她在工廠裡上班。」我眞是爲他高興。

我說：「那眞是恭喜你們！」

到達目的地了，總共車資890元。年輕人拿出他的皮夾，接著跟我說：「司機大哥，我覺得你人不錯，想要多給你一些小費。」

他問我說：「你想要多少小費？」

我滿訝異的，因爲從來沒有客人會這樣問我。我回答他說：「小費是任由客人給的，多少都沒有關係。」

於是他給我一張千元鈔，然後再多拿兩百元給我，但這多的兩百我推辭沒有跟他收。我跟他說：「不然這樣，你如果再到臺北去找你女朋友的時候，就用這兩百元請她吃飯吧！」

年輕人看看我，然後把兩百元收起來。下車的時候他跟我說：「司機大哥，其實很少人願意跟我們這樣子的人聊這些事情，謝謝你！我會用這兩百元請我女朋友吃飯的！」

Chapter 48

安毒公子

是在一家量販店前面載到他的，App上留的名字爲「無名氏」。一位瘦瘦高高的年輕人，一上車就一直咳不停，雖然戴著口罩，但是卻把鼻子跟大半個嘴巴露出來，有口罩跟沒口罩，其實沒兩樣。

「請你開到林園子（某處郊區）那裡。」他低著頭打手機跟我說地點，右手臂上有刺青。

我問他說：「請問有明確的地址嗎？」

這位年輕人沒抬頭，只說：「你開車就對了。」

我從後照鏡看他蒼白的臉上，兩頰都是青春痘，其中左臉上有一顆還發炎流著膿，衣衫不整，一副吊兒郎當的樣子，身上歪歪斜斜背著一個黑色扁扁的小袋子。

一路上他都沒有說話，只低頭玩他的手機，身上散發一股奇怪的味道，很是難聞。

到了他說的目的地，原來是一處郊區的加油站。他叫我停在加油站前面等他，接著就下車了，他走到加油站的廁所前面東張西望，這時從廁所裡走出另一名中年男子，兩人交談了幾句話，之後就一起走進廁所裡。

我在車上聽著音樂等他，其實我十分清楚他們兩人在廁所裡做什麼！

他們正在交易。

過了十多分鐘，年輕人回到車上，他從後照鏡警覺性地瞄了我一眼，我假裝在看別的地方，不想跟他對看。

然後他跟我說：「載我回到剛剛的地方。」他大概已經放下警覺心了，低下頭繼續玩他的手機。

車子快要到剛剛載他的量販店門口，這時年輕人看看車窗外面之後說：「司機，開到前面那條巷子右轉。」轉過去之後，他又說：「前面那棟大樓門口停就可以了。」

或許我這個傻傻的司機叔叔，看起來不像壞人吧？年輕人從包包拿出三百元付了車資就下車了，接著拿出鑰匙開了他家大門，上樓去了。

我坐在駕駛座上，把車錢放進我的營業小包包裡，抬頭看看他家大門旁門牌號碼：「62號。」

「唉，算了吧。」我苦笑搖搖頭心想：「這名年輕人，是他爸爸媽媽的煩惱，我只是一名計程車司機，又何必多此一舉呢？」

「他的世界跟我們正常人的世界，應該不太一樣吧？」

我按下空車按鈕，管他的！還是繼續去載我的下一位客人吧。

Chapter 49

靈驗

這個故事是眞的。

前天中午，在龍山寺附近載到一位客人，他是做食品行銷業務的。跟我聊天時說，因爲中秋節快到了，忙裡抽空特地來寺裡拜拜，希望最近的業務訂單能好一點。

在車上他用不可置信的口吻跟我說：「我剛剛在觀音佛祖前面祈願完之後，發現手機裡有一通未接來電，是公司打來的。回電才知道，原來是一位客戶打來公司找我，因爲我不在，所以公司裡的同事就幫我做了處理。」

我問客人說：「那是怎麼回事呢？」

客人說：「是一位老客戶打來找我，他跟我下了十幾萬的禮盒訂單。」

接著他說：「司機大哥，你知道嗎？這通未接來電手機上顯示的時間，正好就是我在跟觀音佛祖祈願的時候，你說神奇不神奇！」

心誠則靈。

我想，這位客人應該是一位誠實可靠，言而有信的業務員，所以觀世音菩薩才會立刻回應他的祈願吧。

Chapter 50

越南移工

四位越南年輕男孩，在「全家便利超商」前路邊等我的車，有蹲著的、有坐著的、也有斜靠在柱子旁的。四個大男生上車之後，坐前座的帥哥用生硬中文跟我說下車地點。

在車上四人用越南話互相交談，我曾經是外事警察，懂一些越南話。他們似乎在討論一件具有爭議的事情，是工廠老闆跟他們之間有一些薪資上的糾紛，後座三位話中含有義憤塡膺的情緒。

坐在我右手邊這位越南帥哥，身材壯碩，是四位當中體格最好的。在討論中，他像是具有權威性與主導性，其他三人聽他作的結論之後，就不說話了。我發現他不但個性沉穩，年紀也是四人當中最爲年長的。他臉上的皮膚被太陽曬得黝黑發亮，雖然戴著口罩，但是從他眼神當中，可以看出越南人特有的堅韌民族個性。

十多分鐘的路程，到達了目的地火車站。在等紅綠燈準備靠邊停車的時候，壯碩的帥哥拿了兩張一百元紙鈔給我，我看看計價表上顯示165元。

他跟我說：「不用找錢了。」

我說：「那怎麼可以，你們上班這麼辛苦，我還是要找錢給你。」

他用生澀的中文跟我說：「沒關係，老闆你也很辛苦的。」

這位外國年輕人的話讓我笑開懷了，說實在，我們本國的臺灣人，會給計程車司機小費的人鳳毛麟角，反倒是這些從異鄉來到臺灣工作的外籍朋友，相較之下，他們就顯得大方許多。

下車時，我微笑著跟四位越南帥哥說：「Tomorrow is Sunday!祝福你們大家好好地去玩一玩，輕鬆一下吧！」，四位越南大男孩聽我說完之後，全部都在笑。雖然我知道他們根本聽不懂我在說些什麼。

Chapter 51

生命鬥士

因爲有事先預約，連續好幾天都開車載著這對慈祥和藹的老夫妻到榮總看病。

在等待中，我看見院區內兩處工地正在興建新醫療大樓。一處標明是手術專用大樓、另一處應該是門診住院大樓。能在一片不景氣當中，依然維持榮景而不墜的行業，大概就屬醫療產業與老人安養吧。

白髮蒼蒼的老太太才剛做完化療，今天是來做放療。雖然身受疾病以及治療之苦，但老太太看起來仍然十分堅強，或許是因爲有一位貼心老公一直伴隨身旁，讓她感覺安心吧。人們因爲安心，所以才會產生信心。

回程途中，我問老太太說：「您有宗教信仰嗎？」

老太太說：「沒有，但是家裡有拜公媽（祖先牌位）。」

我問她：「牌位旁邊有擺菩薩嗎？」

她說：「我拜祖先已經耗費許多力氣，實在沒有餘力再去拜菩薩了。」聽完之後，我沒再多說些什麼。

其實，眞正能讓我們安心的是內心世界的安定。宗教信仰與拜拜只是一種方法與儀式，深層目的是希望人能了解生、老、病、死、苦的緣由與眞相，以及如何超越輪迴讓延續不斷的生命得以成長。因爲有了這種信心，才能升起無畏勇氣來面對恐懼。

雖然我沒再說什麼，老太太原本都坐後座，這次因爲暈車改坐前座，途中她愉快地跟我聊著學生時期的點點滴滴。

當載老夫妻倆到家時，我從手套箱裡拿出一小本《佛說阿彌陀經》送給老太太，眞誠地祝福他們能健健康康，快快樂樂，平平安安。

Chapter 52

焦躁小姐

客人叫車地點其實不是很遠，只是市區紅綠燈實在太多，秒數又太長，幾個紅綠燈等下來，早已超過車隊規定的五分鐘。

客人是一位二十多歲瘦瘦的年輕女孩子，穿著藍色制服套裝，一面開車門一面不停地抱怨說：「你們到底來不來啊？不來載，也要跟我講一下啊！害我在這邊等這麼久！」她說這話兒的時候，臉上五官，全都湊在一塊兒了。

我知道她心裡很不高興，道歉地說：「對不起，小姐我來晚了，那是因爲紅燈等太久的關係，對不起喔。」

車子上路後，我問她說：「小姐，請問您等了多久？」

小姐說：「你讓我足足多等了兩分鐘！」她沒好氣地翻了一翻白眼。

兩分鐘……唉……我問小姐說：「請問您要到哪裡？」她說了臺北市一家知名飯店的名字，然後緊接著指示我該走哪一條路、過哪一座橋、然後從哪條巷子往哪轉、最後該停在哪裡。

她說得很快，我聽得不是很清楚，我問她說：「請問我們可以照著Google地圖走嗎？」

她用堅定的語氣跟我說：「不用！照我的意思走！」

於是我只好再問一次她剛剛所說的路線，她十分不耐煩地又說了一次，我一面開車一面聽著，但我還是沒記住……

這位小姐幾乎快抓狂了！

我只好陪著笑臉跟她說：「對不起，我是個計程車新手，我看我們還是照著Google的地圖走好了。」於是我把飯店的名字輸入手機裡。

沿路我嘗試跟她聊天。我問她說：「在飯店工作很辛苦喔？」她身上的制服讓我覺得應該是飯店裡的員工。她有點不高興的說：「你倒告訴我，有什麼工作是不辛苦的？」她說話的時候，眼睛裡充滿著怒火，我只好不可置否地苦笑。

沿路上她一面滑手機，一面不停地指責我，她說她趕時間，要我盡快趕到飯店。我說：「依照Google地圖上標示的抵達時間，應該沒有問題。」

她說：「你憑什麼那麼有把握？」

我說：「只要地圖上的時間沒錯，以我開車的技術，我有把握準時到達。」她問我爲什麼？

我開玩笑的說：「因爲我以前的工作是開巡邏車的警察，經常追蹤壞人，所以時間必須抓得很準。」

這位小姐聽完之後，眼睛張得大大的，她有點勉強擠出一句話來說：「那……那又如何？」

我跟她說：「我會用以前我開巡邏車的速度，將你準時送到目的地。」這時，她臉上原本湊在一起的五官，似乎分別回到原有的位置上。接著，我開始專心開車。

車子一路奔馳、上高架橋、下引道、走大路、轉小巷，在車陣中鑽來鑽去，最後準時在她預定的時間內到達飯店門口。

我拉上手刹車，回頭跟這位年輕小姐說：「小姐，飯店到了。」

她說：「我不是在飯店上班，請你繞到飯店旁邊的小路，再迴轉到前面那條巷子，那裡才是我要下車的地方。」

到了以後，車資總共395元。小姐從手提袋裡拿出四張百元紙鈔，放在我手裡，然後冷冷地跟我說：「不用找錢了，你們當警察的也很辛苦。」

五元小費。

當她下車後，我看著手中的四張百元鈔，心中感慨萬千……

Chapter 53

鼻胃管

有些事情，真的不是我們能作主的。

這位女孩是我長期的客人，她的父母親每次叫車都是載女孩到醫院看病。

女孩已經四十多歲，在她很小的時候，因爲一次高燒，造成終身腦性麻痺後遺症，導致身體萎縮，無法行動，也無法說話，每次上下車都是由爸爸抱著坐上特製輪椅，她的體重大概只剩二十多公斤。但女孩意識清晰，勉強可以用簡單的肢體語言表達自己的感覺與情緒。

前幾個月女孩不幸確診感染新冠病毒，辛苦的父母在醫院陪著她，進進出出加護病房一共三次，前後花了一個多月時間才挽回她的生命。聽她父母說，在這段期間裡，可憐的女兒吃盡了苦頭，現在女孩插著鼻胃管，這樣的日子過得十分辛苦。

記得以前，剛開始載女孩去醫院看醫生的時候，坐在輪椅上的她，還會因爲有我這名男性老司機載她，而會害羞地用手，慢慢拉上胸口前的衣襟，臉上露出青春少女才會有的靦腆表情。

雖然她父母沒有注意到這個細節，但我卻看在眼裡。

前幾天晚上，她父母緊急打電話給我，請我載他們去醫院，因爲女兒把鼻胃管拉下來了，這將無法灌食三餐，所以必須緊急回急診室把鼻胃管重新裝上。

上車後，女孩父母跟我說：「最近女兒經常把鼻胃管扯下來，我想大概是因爲不舒服，但是沒有鼻胃管就無法進食，她已無法自行吞嚥食物。」

醫院急診室裡病人很多，我在附近等了兩個多小時，才再開車回醫院載他們回家。

父親說：「女兒在急診室門口，又試圖伸手要把鼻胃管扯下來，結果被我太太制止，只好把女兒的手用毛巾綁在輪椅把手，讓她無法再拉扯鼻胃管。」

就在這個時候，從照後鏡裡看見，女孩的求助眼神，似乎希望告訴我：

「父母親兩人這些年來實在太辛苦了，而我自己在這段生病期間過得更辛苦。扯掉鼻胃管，解脫這一切，是我唯一能自己做到的事。」

深愛她的父母，在這三、四十年以來，無怨無悔的照顧她，受盡滄桑，女兒疼在心裡。又經過這次染疫風浪，無法說話的女兒，只能用行動來表示她內心裡最後的意願。

這令我感到十分悵然，但我沒有說任何話。

回家之後我收拾心情入睡，近午夜電話再度響起，但關靜音我沒有接到，半夜上廁所時才看到未接來電，是女孩父母打來的，應該是鼻胃管又被女兒拔掉了吧？

但是沒有回這通電話。「生活的品質、人生的意義、生命的尊嚴，女孩都沒有。面對這種情形，該說什麼？或是什麼都不說？還是保持沉默呢？」

我，只能誠心地祈求佛菩薩保佑這一家三口，平安喜樂。

Chapter 54

Uber Girl

看到叫車資訊才一會兒，手機就響了，是客人打來催促的電話。一位年輕女孩不高興地說：「司機，你在哪裡？」我說：「在路上了，快到了。」

沒多久，她又第二次打電話來，口氣很不耐煩地說：「你到底還要多久才會到？」

我委婉地告訴她：「小姐對不起，現在是下班尖峰時間，路上車多，我已經在附近了，馬上就會到了。」心想，這位火爆脾氣的小姐應該是滿急的，但我開的是汽車，不是飛機，飛機在天上飛不會遇到紅綠燈，但汽車會。

這位女孩從一條舊社區的小巷子裡走出來，地上滿是垃圾、水溝裡盡是污水，一條髒亂的小巷子。

女孩約二十四、五歲左右，臉上濃妝豔抹，一襲火紅頭髮，手上拎著一個紅色化妝箱，肩膀背著一個好大的袋子，腳蹬高跟鞋，看她衣衫不整像是剛睡醒的樣子。雖然人長得很瘦，但整體看上去身材還不錯，勉強還有一點胸部，不過臉色卻是蒼白的。

女孩上了車，把她所有的東西往後座一丟，然後冷冷的告訴我說，她要先到附近一家乾洗店去拿衣服，然後再趕到臺北市鬧區一處地址。接著她再補上一句：「請你開快一點，我趕時間。」

那家乾洗店是在一條車水馬龍的大馬路旁，雖然就快到了，但被堵在車陣中動彈不得。女孩在後座一面整理東西一面說：「司機先生，請你快一點好嗎？我在趕時間！」我想了一下，請女孩打電話給乾洗店老闆，叫他把衣服拿到我的車上會比較快，因爲大堵車。女孩很不高興，但她還是打電話給老闆，叫他把衣服拿過來。

但當老闆拿著好幾件衣服剛要出店門，我的車也已經到店門口了。唉……光是爲了拿這幾件衣服，已經花了大概半個小時。

拿到衣服之後，開始往臺北市中心方向開去，女孩一路上不停催促我：「快點！快點！」

我說：「我會盡量趕。」

我問女孩說：「你跟人家約幾點？」她說六點，我看看車裝導航上預計到達的時間（應該會遲到十五分鐘），我建議他打個電話跟對方先打個招呼，但女孩沒有理我。

我從後照鏡看見女孩在後座化妝。她把原先穿在身上的衣服脫下來，然後換上剛剛從乾洗店裡拿到的黑色套裝。再脫掉腳上的鞋子，翹起兩腿穿上黑色網襪。

她似乎把這一名老實司機當成了隱形空氣人。我手中緊緊握著方向盤，飛快趕路，但心中暗暗地嘆了一口氣……

女孩換裝之後，好像心情平靜了一點，終於打了一通電話給對方。對方聲音是一名中年男子。女孩用十分客氣的語氣跟男子說：「哈囉，大哥，我大約會晚十五分鐘到，可以嗎？」

中年男子在電話中，用高亢興奮，又帶著笑意的聲音回答女孩說：「喔！No problem！妳慢慢來，不過呢，對方五個人都已經到了，他們都在等妳來喔！」

女孩稍微停頓了一下，然後問中年男子說：「請問錢都收了嗎？」

男子在電話裡說：「都收了，妳放心，待會我會給妳現金。」女孩把電話掛上，又再次催促我：「請你開快一點！」

我把車開得飛快，當經過臺北市環河路時，爲了搶一個綠燈，跨越馬路中線，把車開到對向車道，差一點撞上一輛機車。

女孩見狀，只冷冷地跟我說：「司機，你不要命啦，我還要耶！」

終於好不容易趕到目的地了，6:05，只超過五分鐘。這時候女孩臉上的妝也畫好了、火紅的頭髮也梳理好了、身上的衣服與腳上的絲襪也都穿好了。

車資一共520元，她給了我一張五百元紙鈔，再從手提化妝箱裡，找出兩個十元銅板給我，然後，提著化妝箱以及一包剛剛換下來的衣物，頭也不回地下車去了。

我把錢收進小包包，抬頭往車窗外面看去：「原來這裡是一家旅社。」一名中年男子笑咪咪的，已經站在旅社門口迎接這位女孩，男子右手搭著她的肩，兩人一起走進通往旅社二樓的樓梯間。

我習慣性回頭看看後座有沒有客人忘了帶的東西，結果發現後座坐墊上，盡是五顏六色的化妝顏料……

我停在路旁，用酒精紙擦拭椅面為她善後，突然想起在手機Line司機群組裡，曾經有同行提到Uber Girl這個新名詞，聽說是網路新興的色情行業，也有人稱為雜交趴。

我不禁苦笑：「同樣Uber，但她的時薪應該是我的十倍以上吧……」

這眞是個殘酷的現實。

Chapter 55

靈異教師

她是在一所國中學校門口上車的，學校剛剛下課，人很多，我在路旁已經等了好一會兒。

一位三十多歲女士上了車，一看就知道是一位老師，長長的頭髮，一身樸素，清清瘦瘦有點弱不禁風的樣子。

當時車上正放著佛樂，女老師上車時，我就把音樂關掉了。但是老師已經聽到了，她跟我說：「司機先生，沒關係你繼續播放，我不會排斥聽佛樂的。」

這倒讓我滿意外的，因爲絕大部分客人都不喜歡聽佛樂。於是，我讓音樂繼續播放，音響裡傳出「南無觀世音菩薩」唱誦的聖號。

老師問我說：「你是佛教徒嗎？」我說是的，老師說她也是。

下班尖峰時間，路上車很多，車子只能慢慢往前推進。大概是同爲佛教徒，老師跟我聊天說：「我曾經發生過一場車禍，傷到脊椎，本來應該要動手術，但是因爲我的體質敏感，所以無法開刀，經過很長的一段時間調理才慢慢恢復正常。」

我好奇的問她說：「妳的體質敏感？」

她說：「是的，你我都是佛教徒，我想如果我說原因，你應該能理解。」

我說：「是怎麼回事呢？」

老師告訴我說，在她十三歲國中一年級時，有一次在家睡覺，半夜起來看見床邊坐著一位女人，是剛去世沒多久的姑姑。

我驚訝的問老師說：「你能看見去世的人？」

老師沒有回答我，她繼續說：「當時我很害怕，但是姑姑跟我說，你不用害怕，我只是回來看看你們，姑姑說，剛剛也有到另一個房間去看媽媽，但是她在睡覺。」

我問她說：「在這之前妳也會看到去世的人嗎？」

老師還是沒有回答我，她繼續說：「那段時間姑姑來過我床邊兩次，每一次我都嚇哭。」

「姑姑說她希望能跟全家人講講話，但是其他家人都沒有看見過姑姑，所以我也不敢跟它們說。」

老師都沒有回答我問的問題，所以我只好聽她繼續說。老師說：「我的國小女兒有一次同學邀她一起到廁所裡玩，因爲同學告訴女兒，可以跟廁所裡的一位姐姐玩。」

「女兒回來跟我講了之後，我跟女兒說，不要再跟同學去那裡玩，要玩到操場上玩。」

老師說：「其實我認爲，學校應該從小就教育他們生命科學，因爲小朋友是可以接受這樣的事情。」

「就像我國中一年級時，看到去世的姑姑，如果我能了解生命科學，或許當時就不會被嚇哭了。就像我女兒的同學一樣，還會跑去跟他們玩。」

到達目的地時，天色已經暗下來了，老師付了車錢之後，就下車離開了。

我抬頭看看天空中剛升起的月亮，再低頭看看自己手中的車資。心想：「還好這是真的錢。喔～怎麼有股冷冷的感覺呢？」

Chapter 56
走樓梯

一間小學門口，一位小學女老師。

客人是一位四十多歲短髮女老師，外型俏麗，很健談，一上車就跟我聊個不停。她聊起目前的高房價，又聊到她在學校裡的教學工作。

我問她說：「小學老師應該很快樂的吧，可以天天跟小朋友一起玩。妳教幾年級呢？」

女老師說起話來慢條斯理、不徐不急，溫文儒雅。她說：「我是教低年級的，但是教小朋友沒有你想像當中那麼容易。」

我問她說：「怎麼說？」

她笑著說：「你知道嗎？我們學校的體育課，是在教導小朋友如何走樓梯。」

「體育課？學走樓梯？」這讓我驚訝不已！

女老師點點頭輕輕地說：「是的。」我問爲什麼？接著她告訴我這一件目前發生在小學生身上的普遍現象。

老師說：「學校幾乎每天都會發生小學生從樓梯跌下來的意外事故，尤其是下樓梯的時候，所以校方特別利用體育課時間，讓老師們帶著小朋友學習如何上下樓梯。」

「可能是因爲他們平時住在有電梯的社區大樓，出門又有車、有捷運，公共場所也幾乎都有電動手扶梯，所以小朋友很少有走樓梯的機會。」

女老師又說：「現在小學生體能普遍不足，但這只是問題其中之一。」我靜靜的聽老師說下去。

她說：「其實現在的小朋友十分可憐，許多家庭教育也發生了問題。」

「以前的人都說，單親家庭長大的小孩，因爲沒有父母關愛，所以在人格發展與行爲方面產生偏差的機會較大，其實不然。現在的雙親家庭父母大多年輕，雖然家庭健全，但夫妻倆經常沉迷於網路世界，忘情在手機裡，而疏忽了小朋友的基本家庭教育。」

我跟老師說：「你說的我也有同感，現在年輕人大部分都很愛自己。」

老師說：「你說的沒錯。」

接著她又說：「低年級的小朋友初到學校時，許多連上課常用的基本文具都不會使用，譬如膠水、剪刀等。」

老師說：「尤其有些小朋友的健康或精神狀況不佳，但校方卻無法說服家長，讓我們爲這些小朋友提供適當的教育方式。」

我問她爲什麼？她說：「因爲家長不願意讓小朋友成爲大家眼中的特殊學生，結果就是讓這些身心都有缺陷的問題孩子，和其他正常學生編成一班，反而造成更多的困擾。」說到這裡，原本臉上掛著笑容的她，低下頭來，默默不語。

我從她身上感受到一股無奈與說不出口的挫折感。目的地到了。我試著安慰她說：「老師，沒事的，妳只要在自己的崗位上盡心盡力就可以了。」

女老師付了車錢之後，下車時她跟我說：「沒錯，現在的學校大多只注重表面工作，但真正紮根的基礎教育，反而越來越少。」

她站在車門旁邊，彎著腰低下頭來跟我說：「司機大哥，謝謝你不厭其煩聽我發了這麼多牢騷。」

我說：「不會啦！老師妳才辛苦呢！」

唉，看來我們的教育還眞是問題重重啊……

Chapter 57

刺青爸爸

傍晚，我車子到達的時候，他從車行裡走出來。車行門口排滿了雙B名牌轎車。

這位三十歲左右的年輕人，穿著一件黑上衣、一件黑長褲，個子不高，大概170公分，身材精壯。當他上車的時候，我看到他開車門的兩隻手臂上全是刺青。車行裡跟他一樣的年輕人有四、五名，一樣身穿黑衣，身上也都有刺青，正抽著菸圍在一起討論事情。

「他們的身分，應該是屬於黑社會吧？」我心裡這麼猜想。

他用臺語報了一個地址，那是一處住宅區的巷弄裡。年輕人在車上沒有說話，只顧著玩他的手機。從後照鏡看到他的眼神當中，透露出一股暴戾之氣。

每一次有道上兄弟搭車時，我是不會播放音樂的。因爲萬一音樂格調跟他們的身分不符，怕會引起不必要的麻煩，索性保持靜音。

車子開著，開著，很快就到了目的地。巷弄裡路邊已經停放了好多車輛，都是父母來接著小孩下課。

「喔！原來這裡是一間安親班。」我心裡想。

年輕人跟我說：「運匠，你在這邊等一下，我下去接人。」我說好。

我開著閃光燈在路邊等，大約過了五分鐘後，年輕人帶了三個小朋友上了車。蹦蹦跳跳的三個小孩一上車，車廂裡突然之間熱鬧了起來！

年輕人跟我說：「運匠，請你開回剛剛的地方。」

三個小孩都是小男生，年紀從五歲到八、九歲，他們都喊年輕人爲「爸爸」。原來這位黑道大哥，他是去安親班接三個兒子下課的！

年輕人問大兒子說：「有沒有吃飽啊？老師今天教了什麼啊？」

大兒子說：「拔拔！老師今天教我們好多東西喔！有唱歌、有玩遊戲、還有看卡通影片耶！」

接著老二跟老三搶著跟爸爸撒嬌，爬到年輕人身上去。這位黑道大哥原本冷漠的表情，高興地笑開懷了！他左手抱著小的，右手抱著老二，老大背著書包坐在他旁邊，四個人在車後座上有說有笑，連我也感染到他們歡樂的氣氛。

我回頭問年輕人說：「原來你是來接小孩啊！生了三個小男生，你眞是幸福！」

年輕人臉上的暴戾之氣，早已消失無蹤，滿臉洋溢著幸福快樂的笑容。他說：「是的，我每天最快樂的時間，就是來接我三個兒子下課！」

我問他說：「三個小孩多大了呢？」

年輕人愉快的說：「老大小二！老二幼稚園大班！老三幼稚園小班！」

我好奇地問他說：「他們的媽媽，怎麼沒有來接呢？」

這回年輕人搖搖頭，嘆了一口氣。他說：「他媽媽在家上網、追劇、玩手機，她很忙的，沒空來接。」

我聽了有點訝異，像他這樣子的年輕人，竟然有如此的耐性，這麼好的脾氣，以及對於兒子的愛護。我心中暗暗的佩服他，對小孩與媽媽能如此包容。

我是眞心地跟這位年輕人說：「先生，你眞是了不起！」

年輕人苦笑了一下，他自言自語的說：「我從小沒有老爸，根本不懂什麼是父愛，但是我希望能將我所知道的父愛，全部加倍給我三個小孩。」

我沉默了，因爲他的話讓我動容。

過沒多久，車子到了車行門口，年輕人先呵護著三個小朋友下車進店裡，再跑回來付我車資。他多拿了一張百元鈔給我。他跟我說：「運匠大哥，你也辛苦了。多謝喔！」

Chapter 58

極短程

一大清早，當快開到載客地點的時候，手機響起了：「司機，我看到你了，你怎麼開過頭了？」

我說：「我的導航說，你的位置是在前面路口，對不起，我馬上回頭。」於是我趕緊回頭去接她。

客人是一位胖胖短髮小姐，她上車，劈頭就問說：「你也太不專業了！我定在56號，你怎麼會開過頭呢？」

我回她：「抱歉，因爲Google定位是在下一個路口的迴轉路邊。」

她不高興的說：「你們公司的系統不是自己有導航嗎？你怎麼不用？」

我說：「因爲我們公司的系統比不上Google Map，當時我們在實習與上課的時候，老師就有跟我們說，不要只倚靠車行平臺的導航系統，否則會出問題。」

胖小姐似乎不贊同我的說法，她語帶不悅地說：「那你們車行自己要改善啊！不能老是讓客人在路邊等啊？」

這回我聽得出來，這位胖小姐應該一大早有所謂的「早晨氣」，所以一肚子不高興，只想找個人發洩一下情緒，於是我就不吭聲了。

她一面冷笑，一面在後座不斷對我們的專業性，提出許多質疑與批評。這位胖小姐是一位極短程的客人，她公司其實不遠，很快就到了。

我把車停靠路邊後，還是回頭跟她說：「小姐，對不起，我會建議我們車行改善系統的。車資總共八十元，謝謝您。」

我再問她：「請問您是付現？還是綁定付款？」她說付現，於是從皮包拿出一百元給我，並且等我找零。

我從零錢包拿了二十元銅板給她。我說：「祝您有個愉快的一天！」她並沒有回答我，逕自下車「碰！」的一聲關上了車門，揚長而去。

唉……客人僅僅只要八十元，就可以找一名計程車司機，發洩心中的不開心。計程車司機，真是一份能培養人耐心與耐性的職業啊！

Chapter 59

阿華

如果說，開計程車是自由業，那麼當街友，或許也是自由業的其中一種吧。

所謂的自由，我認爲是無拘無束，隨心所欲，雖然有幾許辛酸、幾許無奈，但是徜徉在天地之間，那種唯我獨尊的感覺，是一般人無法想像與理解的。

載客人到臺北車站下車，我進去上洗手間時，經過一攤賣帽子圍巾攤販，看見一位衣衫襤褸的男子在顧攤子。我好奇地問他，原來是帽攤老闆娘趕著回家煮飯，暫時請他幫忙看一下攤子。

男子叫阿華，五十多歲，一頭蓬鬆亂髮，個子不高，皮膚黝黑，眉頭深鎖。他是車站附近的一位街友。

我每次在臺北車站周邊都會看見一包包裝得滿滿的大布袋，讓我十分好奇。藉著跟阿華買一個布娃娃，跟他攀談起來。

原來這些黑色大包包主人們都是街友，目前他們全都當臨時工去了，大概在傍晚時分才會陸續回來。他們的工作是在馬路上掃街清潔，市政府是雇主，有些人會在馬路旁邊幫建商舉廣告牌，賺一些鐘點費。

車站旁街友的置物大包包，是市政府發給他們的，臺北車站周邊一共約有一百多位街友，他們的家，就是站前廣場上的騎樓旁邊與遮雨棚下面。

我問阿華：「市政府發包包給你們的時候，有沒有查查看是不是眞的甘苦人（可憐人）呢？」我好奇地問他。

阿華說：「要在這裡（指車站前廣場）住超過三個月的人，才可以去市政府領包包。」

「超過三個月？難道市政府人員會來這裡幫大家做紀錄嗎？不然怎麼會知道誰住了三個月？」

阿華說：「市政府沒有人會來這裡，是住在這裡的人，幫新來的人作證明。」

喔，原來街友之間的信任關係，就是「官方證明」。

我再問：「那你們在這裡有沒有老大呢？」

阿華說：「只有大家去上工賺錢的時候才有老大，晚上回到這裡休息後，就沒有老大了。」

我問：「放在這裡的包包，我剛才算了一下大概有幾十大包，你們有人會幫忙看著不被別人偷走嗎？萬一有人偷，那怎麼辦？」

從剛剛我們聊天一直到現在，阿華的臉上都是面無表情，沒有笑容的。他似乎覺得我的問題有點奇怪，他說：「偷？想在這裡偷東西的人，如果被我們發現會被『怕嘎究ㄊ一ㄤ、』（臺語：打得很慘）。」

剛說完，帽攤老闆娘回來了。

阿華從口袋掏出150元，給這位七十多歲的老闆娘。阿華說：「這些是剛剛一位小姐買東西，還有這位先生買娃娃的錢。」過了一會兒，老闆娘發現阿華把她的東西價錢賣錯了，口中咕噥地抱怨指責。雖然阿華臉上還是面無表情，但是感覺得出來，阿華心裡有點不高興。

阿華站起來走回自己的搖椅旁邊，坐了下來，我跟過去繼續問他說：「請問一下，我可以跟你拍照嗎？」

阿華不置可否，他只淡淡的說：「可以。」接著我拿起手機，幫我們兩個人自拍一張照片。

我問阿華說：「你能笑一下嗎？」

阿華說：「我不會笑。」

我說：「你可以試試看笑一下啊！」

我拿起剛剛跟他買的娃娃（那是一隻黃色卡通小老虎）。我笑著說：「你看，這隻小老虎穿著黃色外衣還有黑色條紋的模樣，跟你好像啊！」我試圖逗他笑，接著我又再自拍第二張。阿華只是把臉稍微往旁邊側了一點，但他還是沒笑。

這是我跟街友一次零距離接觸的經驗，阿華給我的感覺個性十分真誠。只是，他似乎真的已經忘記該如何笑了。

Chapter 60

超人小孩

黃昏時分，載兩位客人到新北市一處郊區，返程途中經過一座跨河大橋，看見一位十歲上下的小男孩，橫越來往車流不止的快車道，獨自一人走在路邊人行道上。他似乎要走路過橋的樣子。

我開車慢慢靠近他，然後停下車，搖下右車窗對著他大聲地喊說：「小弟弟啊！你要過橋嗎？來，上車吧，我載你過橋。」

小孩聽到我喊他，靠在車窗旁看看我，又看看車子裡面。然後他說：「好。」小孩開了車門，坐上後座。

我一面開車一面問他：「小弟弟，怎麼只有你一個人呢？你要去哪裡？」

小孩說：「我要過橋到街上菜市場去找我媽媽。」小孩長得瘦巴巴的，亂亂的頭髮，身穿一件單薄短袖T恤與短褲，兩條骨細如柴的雙腿。

我問他說：「你要走多久啊？你知道從這裡走到菜市場還很遠嗎？」

小孩沒有回答我的問題，他自顧自的說：「叔叔，我剛剛走在路上，已經看到有十五臺送外賣小吃的摩托車，他們都經過我身邊。」

「原來這小孩子沿路都在算，有幾個送外賣的摩托車經過他身旁。」

他轉頭看著我放在杯架上的水壺說：「叔叔，我好渴喔……」他說他想喝飲料。

我說：「好！沒問題！待會兒有經過7-11時，叔叔幫你買一瓶礦泉水。」

下了橋，又過了幾個街口，我停在一家7-11門口，下車帶小孩進去。他一進店裡就跑去冰箱拿了一瓶奶茶。

我問他：「要不要吃一顆茶葉蛋啊？」他說好。我幫自己也買了一顆熱熱的茶葉蛋。

我跟小孩說：「小弟弟，你還想吃什麼？」他說：「我還想吃麵包。」我看小孩的眼睛一直在食物櫃子上瞄來瞄去，我想他應該是肚子餓了。

我跟他說：「小弟弟，你想吃什麼，儘管去拿，今天叔叔請客。」

小孩的眼睛突然亮了，他飛快地跑去食物櫃，再拿了一個麵包、兩個御飯糰，然後再加上一顆茶葉蛋及一瓶飲料。

我心想：「這小子眞的是肚子餓了，難怪剛剛他會沿路算著，有幾輛送外賣的摩托車經過他身邊？」

上了車，我先讓他吃東西。我一面吃茶葉蛋一面問他說：「小弟弟，你怎麼敢坐我的車？你不怕壞人嗎？」

他說：「你的車看起來很正常。」

「很正常？怎麼說呢？」

小孩說：「你的車看起來很乾淨。」喔！原來乾淨的計程車，會讓人覺得很正常，這倒讓我長知識了。

我再問他：「你媽媽在菜市場賣什麼呢？」

他說：「媽媽幫人家賣麵。」

我問他說：「那你爸爸呢？」

小孩沒有立卽回答，他想了一陣子，才小聲的回答我說：「爸爸……爸爸……他也在那邊幫忙。」從小孩的口氣中，我聽出他應該是單親家庭。

我又問他說：「家裡有沒有其他姐姐哥哥啊？」他說有一個姐姐。我問姐姐幾年級？他說姐姐國中一年級。

我問他說：「姐姐人呢？」

小孩說：「姐姐到附近圖書館幫忙。」喔！國中一年級的姐姐，應該只能幫忙，不可以打工，因爲會違反《兒童福利法》，看來小孩媽媽有教他怎麼說。

車子慢慢開到菜市場了，因爲市場裡人很多，車子已經開不太進去了。我回頭跟小孩說：「小弟弟，我只能載你到這裡了。」

小孩把後座椅子上的垃圾收拾乾淨之後，裝成了一包拿給我。他說：「謝謝叔叔，我吃飽了。」

我說：「等一下，司機叔叔跟你合照一張照片好嗎？」

小孩跟我笑了一下說：「好啊！」拍完照片之後他就下車了，下車時，手上還拿著一個還沒吃的御飯糰。

我心想：「這御飯團應該是留給他媽媽吃的吧？」

看到隱藏在臺灣社會裡的弱勢族群，尤其是這些經常餓著肚子的小孩，眞是令人心疼。我希望他未來能成爲無敵超人，所以後來在他照片的臉上，畫上一幅帥氣超人面具。

算一算前一趟的車資，已經被小孩吃掉了一大半。好險緊接著我又載到一位長程的貴婦。

這位身上珠光寶氣的有錢貴婦，正好幫我補回了一些剛剛的損失。

Chapter 61

老人臭

中午在公園附近載到一位白髮蒼蒼的老先生。

拄著拐杖上車的老先生很健談，在車上聊天的時候，我問他：「老哥，您幾歲啦？」他說：「小老弟啊，我八十多歲啦！」

聊了一下之後，老先生突然問我說：「司機小老弟，你聞聞看，我身上有沒有老人臭？」

有點訝異他會這麼問我，但仍順著他的意思，深深地吸了一口氣。我說：「沒有，老先生，您的身上沒有怪味兒，不過卻有一股淡淡的檀香味兒。您爲何會這麼問呢？」

老先生笑了，他跟我說：「身上如果有老人臭的老人，一定是沒有家人，應該是一位孤獨老人。」

我問他：「怎麼說？」

老先生說：「像我身上沒有老人臭，是因爲我跟家人同住在一起的關係。」

老先生跟我說：「小老弟啊，你知道嗎？『洗澡』對我們老人來說，是一件重大工程啊！」

老先生的話，讓我想起我父親。

當父親還在世的時候，我經常到他家陪他聊天時，每一次他要洗澡都會跟我說：「兒子啊，今天天氣很暖和，有出太陽，我下午要好好來洗個澡。」

老爸身邊還有外勞照顧，但當時我並不明白，只不過是洗一個簡單的澡，他爲什麼每次都要先跟我說？當年我的疑惑，如今在這位乘客老先生身上，似乎得到了答案。

老先生說話時的聲音低沉，他帶點沙啞繼續說：「小老弟，你知道嗎？老人家在浴室洗澡的時候，其實是非常危險的。他有可能因地面濕滑跌倒，也有可能因體力不支而昏倒，尤其浴室是密閉空間，空氣對流效果不好，全身脫光光跌倒不但不好看，受傷也會比較嚴重。所以老人家一個人在浴室裡洗澡時，心裡壓力是非常大的。」

老先生繼續說：「所以當我自己在洗澡的時候，心裡知道浴室外面，有自己的兒女在家，心裡就踏實許多了，萬一自己眞的昏倒在浴室裡面，也不會沒有人知道。」

說到這，老先生語氣開始變得輕鬆說：「我經常洗澡，所以身上當然就不會有老人臭了啊！哈哈哈！」

我恍然大悟的跟老先生說：「喔！原來如此！」

老先生笑呵呵地跟我說：「是的，你知道嗎？能經常洗澡對一位老人來說，眞是一種幸福的事情啊！」

車子已經快到目的地了。

最後，我好奇地問老先生說：「老大哥，您身上有一股淡淡的檀香味，很香，您自己知道嗎？」

老先生頗爲自豪地笑著回答我說：「嘿嘿，那是我用小女兒買給我的檀香沐浴乳洗澡的關係啊！」

我問他說：「爲什麼要選擇買檀香味道呢？」

老先生臉上露出安慰的笑容。他說：「檀香是廟裡燒香拜拜的味道，小女兒希望我能像神仙一樣的長壽啊！」

說完我們兩人一起哈哈大笑！

Chapter 62

安養院

一家安養院中心代客叫車。老人拄著拐杖從大門步伐蹣跚，一步一步走出來。

我拉住手煞車，下車把右後車門打開，老人走近後上車，我等他坐穩以後，才關上車門坐回駕駛座上。

我問老人說：「您要去哪裡啊？」車子開始上路。

老人用虛弱無力的聲音說：「我只是要回家拿點東西，我家就在附近。」

喔，是一趟極短程的客人。我從後照鏡看過去，老人白髮蒼蒼，臉色有點蒼白，兩眼渙散，像失去了靈魂。

車子我不敢開太快，盡量開得平穩一點，連遇上紅燈時，也只敢點放式地踩煞車。

我跟老人攀談聊天，我問他說：「您要回家怎麼不找小孩來載你呢？」

他跟我說：「不用了，我還能動，小孩子住在國外，我自己回家拿東西就可以了。」老人滿臉皺紋，我猜他大概快九十歲了。

老人跟我聊起他太太還在世時的情形，他看著窗外幽幽地回憶著說：「那時候我們夫妻兩個住在南部鄉下，那裡的老人很多，但生活平靜，雖然鄉下年輕人賺的錢不多，不過花費也少。年輕人每天也都會多少撥出一些時間回家陪老人聊天。我的街坊鄰居老人，彼此之間經常聯絡串門子，泡泡茶也是常有的事情。」

老人接著說：「因爲我太太患有失智症，所以我幫她報名參加鄉公所舉辦的一些有趣活動，我帶著老伴經常參與，也樂在其中。」

老人說：「自從老伴走了以後，我被小孩接來臺北，雖然這裡也有類似的日照中心，但終究跟鄉下人情味不同，所以對於我們獨居老人的吸引力，也就降低了很多。」

我聽著老人慢慢地敍述這些往事，其實滿佩服他的腦筋還十分清楚。我問他說：「您爲什麼要住到安養院呢？」

老人說：「上次兒子回國，我就請他幫我安排住進安養中心。因爲在這裡有跟我一樣的老人，也有護士照顧。」

「記得兒子小時候，我跟他說，你要學習如何獨立，將來在社會上才能成爲有用的人。想想自己今天，也必須跟自己說，我要獨立，才能在社會上繼續的活下去。」老先生說完之後就下車了。

這位老人走進屋子裡時，駝著的背影與他哀傷渙散的眼神，像極一隻被棄養的流浪狗。

Chapter 63

藍眼人

他不是搭計程車的客人，他是我的一位司機同事，一位不認識的同事。

我剛參加大車隊計程車的時候，在隊部福利社裡遇見的一位剛進來參加車隊當司機的年輕人。

車隊經理手上拿著文件正在幫他辦理司機登記，請他自己找個位置坐下來等。當時餐廳裡人很多，我正在吃東西，他與我同一桌，就坐在我對面。

他帶著一付黑色墨鏡，手上拿著一杯咖啡，不到三十歲的年輕人，平頭短髮，頭髮有點自然捲，體格壯碩，個子不高，大概165公分左右，穿著黑白相間短袖T恤，一條黑褲子，白布鞋。

我一面吃東西，一面偷偷打量他。

原本左顧右盼的他，發現我在看他，若無其事地把墨鏡慢慢摘了下來，抬起頭來跟我對望了一眼。

這一望，讓我嚇了一跳！因爲他左眼睛的眼珠子，竟然不是黑色的，而是藍色的！

他的右眼是黑色的，左眼竟然是藍色的！我以爲遇到外星人了！

他看我的眼神，透露一股閃電般的銳利，像刀鋒一樣。我這才發現，年輕人的兩隻小手臂上，都有刺青。

「這樣的年輕人，會願意來當一名計程車司機嗎？」我心裡不禁納悶。

他應該是一位更生人，一位剛回到陌生社會的黑幫成員。他的臉上顯露著冷靜、漠然與無情的表情，感覺上像在黑社會從事殺手一類的工作。

因爲，從他身上散發出一股濃濃的殺氣。

藍眼人慢慢地啜了一口杯裡的咖啡，有幾滴咖啡從他嘴角滲了下來。我趕緊從背包裡拿出面紙，抽出一張遞給他。他伸手接了過去，終於投以一個微笑表示謝意。

這時車隊一位經理走過來，他站在藍眼人身後跟他說：「陳先生，你的文件都辦好了。」

經理看見我拿面紙給藍眼人，以爲我們認識。

經理說：「你們認識嗎？」我說不認識。

經理說：「陳先生也是剛加入車隊的新手司機，以後你們可以彼此交流一下心得。」

藍眼人直盯著我看，我笑著說：「好的，好的，沒有問題！」

經理帶他離開之後，我把東西吃完，走到福利社外面，藍眼人站在布告欄前看海報。我走過去跟他打招呼，他回頭看我一眼，但眼神明顯柔和許多了。

更生人願意重新出發是一件好事，但是據我所知，計程車司機除了載客人之外，還可以載許多其他的東西。

我真誠地祝福他，這位年輕的藍眼人。

Chapter 64

獨臂人

每次載客人到「山佳火車站」，當客人下車之後我總會習慣性地瞧一瞧車站旁邊高架鐵道下，的一個小小涵洞，寬度與高度只能容許一輛小車通過。

那一頭，似乎別有洞天。因爲好奇心驅使，決定開著計程車穿越涵洞，到那一頭去看看究竟有些什麼？

車窗外下著霏雨，穿越涵洞後，是一處小型舊大樓社區，旁邊一條上山的小路。慢慢開著車子往山區裡上去。

沿途柏油路面上，滿是枯葉，這裡是掃街車到不了的地方。

偶然看到路旁有一座小小的土地公廟，旁邊一塊大石碑，上頭有大大紅字寫的「接財神」三個字。

「財，人見人愛。」我心想。把車停在路邊，在香燭桌子上點了三枝香，跟土地公、土地婆拜拜請安。

這時神案下突然鑽出來一隻黑貓，牠抬著頭瞧著我看，接著又在我腳邊不停地來回磨蹭，發出喵喵的聲音。

「這兒荒蕪人煙，牠有東西吃嗎？」從包包裡掏出一塊餅乾，牠聞了一下，不吃。蹲下來逗弄牠一會兒。

想捐點香油錢，卻找不到捐獻箱。於是找來一塊石頭，將一百元用石頭壓在香案桌上。

愈往山裡走，霏雨成爲煙雨，山中一片蒼鬱白茫。一路上沒有任何人，沒見人家，只有一處工寮，山中澗水，我嚐了一下，竟是淡淡的香甜。

遠遠看見一位六十多歲的男子，彎著腰在路邊整理一些乾柴樹枝，開車經過他身旁時，男子抬頭看了我一眼。

我沿著山坡繼續往上開，坡度愈來愈陡峭，最後幾乎成爲45度仰角。我小心翼翼地開，最後才發現，到最高山頂上竟然沒有路了，只剩一條小小登山步道。

「這裡風景這麼好，知道的人應該不多。」站在山前，吹吹清冷山風，稍作停留之後就下山了。

回程時又遇見六十多歲老哥。我停下來問他說：「請問山上沒有路可以通往臺北嗎？」

他回答我說：「是的，到了登山步道就要回頭了。」「剛剛本來想要叫住你，卻來不及。」這位大哥一邊跟我講話，一邊身手俐落地整理著路邊堆積的木材。

老哥很客氣，操著閩南語，一陣子之後我才赫然發現，原來他只有一隻手臂，他左手袖子空空蕩蕩，袖管插在他腰間的褲頭裡。

我好奇地問他說：「這裡好像很少人來，是嗎？」

他說：「是，這邊幾乎沒什麼人上來，因爲路沒有通。」

我問他說：「請問您在這邊生活很久了嗎？」

他說：「我是這裡唯一的住戶。」

這位老哥一副修行人的樣貌，讓我想起金庸小說裡的俠士。跟他道別之後，我就往山下開了。

偶然穿越涵洞，走這一趟山路，心中有個感覺：「鐵道下的涵洞，就像一寺廟的山門，將人間隔成兩個不同的世界。」

Chapter 65

請不要忘記我

世界上並沒有一條通往幸福的道路，因為幸福本身，就是這一條道路。

晨間，一位衣著樸素的小姐搭我的車到中和一處公園下車。她是一位服務失智老人多年的志工，手上拿著很多東西，我下車協助她推一張空著的輪椅，一起到公園裡的活動廣場。

廣場上我看見一整群老人，有男有女大約十五、六位，已經聚集在一起。當我們靠近時，這十多位男男女女老人家，主動跟我們揮手打招呼。

這群長者讓我好奇，於是我在志工小姐後頭跟著，想看一看活動內容是什麼？喔，原來是由市政府托老中心舉辦的活動，由專責失智老人的志工帶領著這一群老人，來附近的公園裡散散步、曬曬太陽。

一位白髮蒼蒼老太太，坐上我推的輪椅。老太太，讓我想起過世的母親。

在早晨的陽光下，一群老人慢慢地走，我跟在後面。陽光從樹葉的縫隙中灑下來，映照在每一位老人身上。

我們一起走了半個多小時，然後回到廣場上曬太陽。大家都很安靜，享受著陽光的溫暖。我想我該回去開車了，徵得這群老人與志工的同意，幫他們拍照留念。

當我拍完正準備離開時，這群失智老人不約而同大聲地跟我說：「先生，謝謝你幫我們照相，你一定要記得我們喔！」聽了之後，我開心地笑了！

但是失智的他們，應該是會忘記我的。不過我心裡明白：「我，一定會記得你們的！」

Chapter 66

靈骨塔

是在一處省道公路旁的公車站牌前面載到他們的。

兩位先生上了車，中年男子跟我說：「我們要到三峽山裡的生命園區。」我沒聽說過這個地方，所以用Google導航找到了園區的位置。

我回頭跟其中一位皮膚黝黑，背著一個登山背包的年輕人說：「請問是這裡嗎？」

坐在他旁邊的中年人說：「是的，就是這裡，麻煩你了。」

他接著說：「我們待會兒到了那邊以後，只進去拜一下就要離開了，你可以外邊稍微等一下我們嗎？」

我說：「可以，不過計程錶上的時間會繼續走，可以嗎？」

旁邊那位年輕人這時插話，不客氣的說：「那麼我們回來就不坐你的車了，我們另外叫其他計程車。」

我愣了一下，這位年輕人說話的聲音十分輕柔，像是受過高等教育，但態度不是很友善。我只是把車行的規定跟他們說清楚，沒想到年輕人竟然會有這樣的反應。

我想了一想：「算了吧。」於是我說：「好吧，那麼我會把計時暫停，我會在那邊等你們。」

年輕人接著又說：「我們國外都是只有計程，沒有計時。」

中年男子打圓場地說：「好的，就這樣，司機大哥謝謝你，我們在那裡不會待太久的。」

他們坐在後座一路聊天，原來中年男子是賣靈骨塔的業務員，年輕的男孩是剛從國外回來的華僑，因爲他爸爸剛去世，目前骨灰存放在生命園區裡。請仲介帶他去祭拜。

年輕人看起來是喝過洋墨水的，人斯斯文文，約三十多歲，講話彬彬有禮，但是語氣卻隱隱約約地透露出高傲的態度。

我沿著蜿蜒陡峭的山路慢慢地開，車子終於開到了生命園區門口。兩人下車進去裡面祭拜，我停在外面空地上等候。

我在附近閒逛了一下，哦！這裡可眞是深山啊！剛剛年輕人說，如果等待時間要計時，他要另外叫車。在這山裡是不可能叫得到計程車的，我想他只是想佔計程車司機的小便宜而已。

我如果心狠一點，只要牙齒一咬：「寧可少賺你一些錢，最多空車下山。」他們兩人可能得在這裡等到天荒地老，都不會有車來載他們下山了。

這位從海外返國的年輕人，實在不太了解臺灣人的善良與厚道。

「既然已經載他們來了，就算了吧。」我心裡想著。

約過了十分鐘，他們回來了，兩人在車上繼續聊。聊到疫情。年輕人對國內政府的隔離政策多所批評，中年仲介附和說，他自己也因政策問題而多被隔離了七天。

年輕人聽了以後說：「如果我是你，一定會控告這個政府，絕對不能讓自己的權利睡著了。」

中年仲介解釋：「但這種情形也不能怪政府，對疫情經驗不足是需要時間慢慢學習的。」

年輕人不以爲然說：「我們國外注重人權，你應該要堅持追究到底才對！」看來年輕人是一位對自己利益與權益非常執著的人。

車子回到原先省道的公車站牌，來回車資總共410元，年輕人是用信用卡綁定付帳，兩人開門一前一後下車了。

這時中年仲介突然轉頭跟年輕人說：「車資我們一人付一半吧？」

年輕人幾乎沒有考慮就立即回答說：「我們本來就應該一人一半！」接著車門被關上了。

我沒有看見中年仲介臉上的表情，而我只是納悶：「410，這多出來的十元，不知道會是誰付？」

我搖搖頭：「唉，看來現在靈骨塔生意，眞的不好做了。」

Chapter 67

田喬仔

黃昏過後，天色已暗。

我是在一條小巷子裡的檳榔攤前面載到這位阿伯的。早先我在那兒等他好久，他都沒出現，結果他撥手機給我，在電話裡用閩南語跟我說：「喂！我等你等很久了，怎麼沒看到你？你的車在哪裡？」

我納悶地說：「我就在你叫車的地點等你啊！」

他有點不耐煩的說：「好啦，好啦，我看到你的車了。」

他從遠遠的巷子最後面，一處黑黑又暗暗的大片空曠草地走過來。一上車之後就跟我抱怨說：「你怎麼不開到裡面找我呢？裡面比較好停車啊？」那裡一片漆黑，我根本看不到他。

接著他用自豪的語氣跟我說：「你看，巷子後面那整片土地都是我的。」

喔，原來他是希望跟我炫耀，阿伯是這裡的大地主啊……好吧，我就順著他的話，也用臺語回答他說：「哇嗚！眞正不簡單，你是有錢的田喬仔（大地主）啊！」

這位老阿伯七十多歲矮矮胖胖的，穿著一雙拖鞋，完全看不出來是個大地主。但身體狀況似乎不錯。

他趕緊假裝謙虛地說：「這沒什麼，這沒什麼啦。」

我問他要去哪裡？阿伯給了我一家卡拉OK的店名。我說：「請問你有地址嗎？」

他說：「啥？這家茶室這麼有名，你當運匠（司機）竟然不知道？」

他給我一條路名之後，就開始在後座自顧自的說：「現在不景氣喔，行行都難賺。你們開計程車，應該也是歹討食（難賺）吧？」

我順著他的話說：「是的老闆，生意不是很好。」

他說：「對啊，我有間店面租給一位開自助餐的房客，他跟我說，以前經濟好的時候客人很多，餐餐都會來店裡吃飯，現在經濟不好，客人都只中午買一個便當，然後吃一半，留另一半當作晚餐。」

阿伯搖搖頭說：「自助餐店老闆希望我不要再漲他的租金，他說已經快倒閉了。你看看，景氣有多差啊……」

我好奇地問他說：「那你要漲他租金嗎？」

阿伯十分慎重的說：「嗯……讓我再想想看……」說著說著，就快到了。

這位大地主的阿伯要去的地方，說好聽是卡拉OK，其實是有小姐坐檯的摸摸茶老人茶室。

阿伯看卡拉OK快到了，他說：「我要到裡面找一位小姐，你在路邊等我，我們還要一起去別的地方。」

我說好。

到了茶室門口，阿伯興沖沖地跑下車，跑進去找那位他認識的小姐。

過了一會兒，一位穿著紅色連身洋裝，綁著馬尾身材微胖五十多歲左右的小姐，陪阿伯走到店門口。遠遠的看到他們兩人嘰哩咕嚕，比手畫腳的說了一堆話，似乎在爭執什麼事。

後來，那位小姐不願意跟他上車，於是阿伯只好走回我車旁邊，問我說：「運將，車錢多少？」

我抬頭看看計程錶說：「195元。」

阿伯說：「你載我到這裡就可以了。」他伸手從褲子口袋掏出兩百元紙鈔給我，然後站在車門旁邊等著我找錢給他。

我打開零錢包，好不容易才在包包裡找到一個五元銅板。我拿給他，他拿了五元銅板之後，也沒理我，轉身就走進卡拉OK店裡去了。

我看著他的背影，心想：「像這樣的房東，應該會調漲自助餐老闆的租金吧？」

Chapter 68

六名酒客

凌晨四點，下著大雨。

客人叫車的位置是在「好樂迪KTV」。遠遠的，我就看到有好幾名年輕人，站在KTV門口。

當我靠近他們的時候，其中一名削瘦穿著白T恤的年輕人，揮舞著手叫我過去。一見面他就說：「是我叫的車。」我說：「你好啊。」

這名帶著濃濃酒氣的年輕人靠過來，俯身趴在副駕駛座車窗前跟我說：「我們一共有六個人，你載不載？」他身後跟著另外二十來歲年輕酒客五名，橫眉豎眼，也全是一身酒氣。

我對這位不懷好意的年輕人恭敬地說：「對不起，六位乘客超載了，我會被開罰單罰錢的，我只能載四位。」

他一臉不悅說：「那你再叫一臺車來！」我說：「很抱歉，我們App只能接受呼叫，沒有幫忙叫車的功能。」

這回這位穿著白T上衣，臉頰削瘦的年輕人不高興了，開始口出髒話大聲說：「X你娘！你不幫我們叫車！」這時我已明白，即使自己載了他們，恐怕也不會跟我善了。

我試探的問他說：「你們要到哪裡？」他說：「我們全都要到桃園。」我心想，那我更不可能載他們，因爲這一路上會發生什麼事情完全不可預料，尤其是車開在高速公路上，更是如此。

我堅持說：「在高速公路上，我只能載四位，如果你要叫其他計程車，旁邊那裡有7-11，他們家有ibon機器可以叫車。」

我又故意問說：「要不要我去幫你們操作？」他說：「X！不用了！你滾吧！」

滾？我正有此意。

當我正準備要「滾」的時候，六名酒客裡的另外一名體格壯碩，上身穿著黑色襯衫年輕人，走近我駕駛座旁邊。

他用手示意，要我把車窗搖下來。

我搖下一半的車窗，他跟我說：「你叫自己車行的計程車，沒有辦法叫？你騙肖耶！」我將我的手機畫面拿給他看，我說：「您看，叫車系統的App正在運作當中，我真的沒有辦法幫你們叫車。」

他聽我說完之後，作勢要打開車門，似乎要對我不利的樣子。

我，按下車門鎖的按鈕，並且將電動車窗關上。

在KTV對面不遠處，有一輛警用巡邏車停靠在路邊，車上有一位警察坐在駕駛座上，但車頂上警示燈是關著的，沒有亮。

我心裡想：「附近雖然有警察，但有必要跟他們起衝突嗎？還是別惹事算了！」

一瞬間，我做出了決定。

我把車窗搖下來，用和緩平靜的語氣跟這位壯碩年輕人說：「真的很對不起，我很願意幫你們叫車，但是我眞的沒有辦法超載。」

說完之後，我恭敬地跟他雙掌合十。

他有點訝異，怔了一下。

我接著跟他說：「小兄弟，大家出門在外賺的都是辛苦錢，您不需要生氣。」

這位壯碩年輕人，看著我的臉（我猜，當時我的表情應該是一臉凜然正氣吧），雖然仍低聲咒罵著，但音量明顯小了許多，他說：「X！你走吧！」一邊罵著，一邊他就逕自離開了。

唉，臺灣曾幾何時，年輕人變得如此兇暴？我嘆了一口氣，再將車窗重新關上，慢慢地將車開走。經過那輛巡邏車旁邊時，坐在駕駛座上的警察先生，隔著車窗轉過頭來看了我一眼。

我回看他一眼心想：「這位警察先生竟然這麼年輕！」十幾年前，我也曾經是一名警察，我十分明白他的無奈，我不想爲難他。

從後視鏡裡，看到那六名年輕人，在大雨磅礴的馬路中央，朝著天空不停地揮舞著雙拳，依然大聲地咆哮著。

Chapter 69

追花人

凌晨四點多，天還沒有亮。才剛喝完一碗四海豆漿店熱騰騰鹹豆漿，App就響起。

客人叫車的地方比較偏遠，平常計程車不會繞到這邊來，因爲這裡跟市區之間隔了一座小山。

是一處舊公寓的樓下，客人是一位長髮披肩的女孩，穿著一身連身花洋裝，頭上戴著一頂寬邊圓帽。但我看不出她的年齡。

我心裡面納悶：「這女孩子這麼早，要去哪裡呢？」

「司機大哥，麻煩載我到車站，謝謝。」她的聲音細細柔柔的。

一路上她都在整理包包，她還背著一袋攝影專用的腳架。看她的樣子又不太像是要去旅行。我試探的問她說：「小姐，您這邊似乎不太好叫車是嗎？」

她一面整理東西一面回答我說：「是的，我剛剛只是試著叫看看有沒有計程車，不然平時這個時候，在這裡是叫不到車的。」

我接著問她說：「如萬一您眞叫不到車，那您該怎麼辦？」我從照鏡看到這位小姐也抬頭望了我一眼。

她笑著說：「如果眞叫不到車，我就一路走到車站去。」

這話讓我嚇一大跳，從剛剛她上車的地方走到車站，少說也要一個多小時。我訝異的問她說：「哇！小姐啊！妳是說眞的嗎？」

她是說眞的，而且她經常凌晨自己一個人走去車站。

我說：「那您的體力可眞是好啊！」

我問小姐說：「妳搭火車是要回南部家鄉嗎？」

她的東西終於都整理好了。她說：「不是的，今天我休假，我是要去苗栗桐花季攝影，現在那裡正是花季。」

小姐接著說：「我非常喜歡攝影，所以休假時，我就會追著臺灣各地不同花季。」

我說：「小姐，您眞不簡單，年紀輕輕就有這種熱情。」

我的話讓小姐笑開懷了。她說：「無論天氣晴雨寒暑？無論四季春夏秋冬？哪裡有花？哪裡就有我的身影。」

「我有點像是逐水草而居的遊牧民族，只不過他們牧羊、牧牛，而我是牧花、牧草，還有牧我心中一份感性。哈哈哈！」她爽朗的笑開了！

我說：「您對花這麼樣的著迷，想必有許多佳作，是嗎？」

她說：「司機大哥，如果你有臉書FB可以上去搜尋我的網頁，上面有我多年來拍攝的各地花卉，非常漂亮喔！」

我問她說：「我看你帶攝影腳架，看起來眞的很專業。」

她自豪的說：「我拍花跟別人不太一樣，我會將自己也拍在花海裡，跟花融合在一起。」

我說：「喔！眞不簡單！但這樣拍照的難度應該比較高吧？」

她說：「是的，需要有適合的角度、無人的場景與適合的時間，往往得花上大半天等待的時間，才能辦得到。」

我問小姐貴姓？小姐笑著回答我說：「其實我只是一個業餘愛玩攝影的人，如果你願意，可以叫我追花人。」

Chapter 70

小兒科院長

寫這個故事，是紀念我一位去世的同行。這位同行的年輕司機，做事很認真，長得胖胖的，笑的時候經常看到他滿嘴都是紅通通的檳榔汁。做人海派熱情，很能跟人天南地北的聊天。

這位小兒科院長，就是他長期固定的客人。週六那一天下午，因為同行身體不舒服，所以臨時找我當代班司機。

傍晚，我提早到小兒科醫門口等院長，到達的時候，我先跟裡面櫃檯護士小姐打招呼說：「我是來載院長的代班司機，我在馬路邊等他。」

等醫院裡的電燈陸陸續續熄燈之後，在拉下鐵門前一刻，鑽出來一位高高的大男生。

這位小兒科院長，穿著一件磨得泛白牛仔褲，一件白襯衫，披件薄外套，像個大學生模樣。

一打開車門，往我旁邊副駕駛座一屁股坐下來。他並沒有像一般客人那樣坐在計程車後座。

四十多歲，身材微胖個子高高的，手上拿著一杯大杯珍珠奶茶。一上車就把飲料放在排檔後的飲料座裡，跟我說：「麻煩你，載我到板橋火車站高鐵。」說完就自顧自地開始玩他手中的手機。

我好奇轉頭看看手機畫面，是軟體遊戲「開心農場」。

我問這位年輕院長說：「院長先生，請問您有趕時間嗎？如果趕時間，我可以開快一點。」

院長抬頭看看我，笑著說：「沒事，沒事，我不趕時間，你慢慢開就可以了。」說完又玩起他的手機來。

看樣子，「開心農場」真的讓他很開心。

這時電話響起了，手機上「開心農場」的畫面不見了。打來的是小孩子，聲音問說：「爸爸啊，你什麼時候回來啊？」

院長用溫暖的聲音回答說：「爸爸現在馬上要去搭高鐵，待會兒就到家了。」

小孩用他童稚聲音說：「爸爸啊，我好想你喔……」

院長爸爸說：「你跟你媽媽先吃飯，爸爸到家之後再吃，晚一點再跟你玩。好嗎？」

原來如此，院長的小兒科醫院開在臺北，但其實他家卻住在臺中。院長每個禮拜一到禮拜六，會在臺北醫院裡幫病人看病，禮拜六晚上才會回臺中跟家人聚會。

院長掛上電話之後，手機上的「開心農場」畫面又回來了。他喝了一口珍珠奶茶，轉頭看了我一眼。我只是看著前方路況，我的眼角餘光看見他似乎想說什麼，但止住了。

我心想，院長沒說出口的話，應該是想問同行司機朋友身體健康狀況吧。

他低下頭去，繼續玩手機、喝著飲料。

其實，醫生工作的壓力，並非一般人想像的那樣輕鬆，也是滿辛苦的一個行業。雖然他是醫生，但卻過著不太健康的生活：手中的遊戲、嘴中的飲料，還有每週只能陪家人一天，這都不是一般人該過的生活。

不過，這位小兒科醫生或許長期與小朋友病人互動，感覺他就像是一個快樂小朋友一樣。

唉，管他的，院長想玩遊戲、喝飲料，現代人只要能開心就好了。

我，一位計程車司機，還是以最安全、舒適、快速又專業的方式，將這位童心未泯的院長送到車站，讓他能儘早回到臺中與家人相聚吧。

Chapter 71

疫情

受到疫情影響，計程車的生意大概掉了六成。不但沒有人叫車，連街上都沒什麼人，幾乎公車上也都空蕩蕩的……

早上好不容易才載到一位媽媽帶著兩個小孩。但奇怪的是，媽媽戴著口罩，小孩沒有戴？

我不解的問媽媽說：「妳的小孩爲什麼沒有戴口罩呢？」

媽媽說：「疫情這麼可怕，我也想幫他們戴口罩啊！但是根本買不到……」

我只能安慰她說：「妳放心，到目前爲止，還沒聽說過有小孩子得到過的。」

這兩個小孩在車上皮得要命，兩人一人一邊，玩我後座車門上的電動車窗，一直關關開開，又在後座椅子上跳來跳去……結果我想到辦法，我播放了一首周金亮〈大樹的循環〉兒歌，才讓他們慢慢安靜下來。

時間來到了下午，在人也不多的西門町載到一對年輕情侶。上車後，我看到男生有戴口罩，但女生沒有。男的問她女朋友說：「妳怎麼沒戴口罩呢？」

女朋友依偎在他身邊嬌滴滴的回答說：「我啊？我根本買

不到口罩啊！」接著她又像一隻小鳥一樣，靠在男朋友胸膛上。

我原以爲男朋友會從自己身上的包包裡，拿出一個口罩給女朋友戴，或是乾脆犧牲自己，把口罩脫下來給女朋友戴。結果，都沒有。

這時候，一句話出現在我腦海裡：「大難臨頭各自飛！」

疫情，讓計程車生意變得很差，沒想到，連人情味兒都變薄了。

Chapter 72

五色鳥

當一名計程車司機最快樂的事，就是買一個便宜又好吃的便當，找一處風景優美的路邊停靠，獨自一人在車上吹著冷氣，聽著輕鬆音樂，悠閒享受這一份美食。

這時候，整座城市，都是我的餐廳。

這家店賣的便當特別好吃，我每次載客人經過附近，都會繞過來買一個。

店門口有一顆樹，我站在樹下等便當，抬頭發現樹幹上有一隻五色鳥，牠在自己啄成的樹洞口，探頭探腦，東張西望，模樣十分可愛。驚喜之餘，趕緊拿著手機對著牠拍照攝影。

一對八十多歲的老夫妻，手挽著手，從我旁邊走過。他們佇足下來，兩人好奇地問我說：「年輕人，你在拍什麼？」我伸手指著樹上說：「你們看，上面有一隻五色鳥。」夫妻兩人臉上露出欣喜，老先生慢慢拿起手機，朝著五色鳥，拍下畫面。他回頭跟老太太說：「好可愛的鳥啊！我們把照片拿回去給小孫子看！」拍完照片，兩人互相又挽起手，微笑離開了。

過一會兒又來了一位白髮蒼蒼的大姐買便當，她也看到樹梢上這隻五色鳥。大姐跟我說：「牠好可愛啊！這是什麼鳥？」我說：「是五色鳥。」大姐也拿出手機要拍，但弄了半天，不清楚手機該怎樣才能拍得清楚？

我笑著跟大姐說：「沒關係，我們可以交換Line，我把我剛剛拍的照片傳給妳。」於是我把影片與照片用Line一起傳給她，我問她說：「妳要拍給誰看呢？」大姐說：「我要把這些可愛的影片、照片帶回去，給我家得了失智症的老伴看，我想那口子看了一定會很開心！」

又過沒多久，一位年輕媽媽載著一個小男孩，騎著摩托車來買便當。媽媽牽著小男孩的手，匆匆從我身邊走過。

五、六歲的小男孩一眼就看見樹上的這隻彩色鳥。小男孩跟媽媽吵著要看這隻小鳥，媽媽拉扯著他的手臂，敞開嗓門說：「天氣熱死了！看什麼看！趕快買了便當回家吹冷氣！」於是，母子之間展開一場拔河比賽。

媽媽吼著說：「你想把我熱死啊！」一面罵著、一面硬拉著小男孩，買了便當之後，匆匆忙忙跨上摩托車走了。

我站在樹下望著五色鳥，輕輕跟牠說：「你可眞是一位鳥菩薩啊！你將你的美麗，無私地呈現給跟你有緣的人欣賞，讓他們感到快樂！」

樹洞裡的五色鳥，似乎也聽懂了我說的話，牠低頭好奇望著我說：「我只是一隻自由自在的普通小鳥啊，我的美麗，若不是因爲你，不會有人知道的。」

是的，美，無處不在。但人先要自己能看得見美，才有機會獲得幸福與快樂，不是嗎？

國家圖書館出版品預行編目資料

城市擺渡人　計程車司機說故事／呂博著. --初版.--臺中市：白象文化事業有限公司，2023.10
面；　公分
ISBN 978-626-364-105-1（平裝）

863.55　　112013026

城市擺渡人　計程車司機說故事

作　　者　呂博
校　　對　呂博
發 行 人　張輝潭
出版發行　白象文化事業有限公司
412台中市大里區科技路1號8樓之2（台中軟體園區）
出版專線：（04）2496-5995　　傳真：（04）2496-9901
401台中市東區和平街228巷44號（經銷部）
購書專線：（04）2220-8589　　傳真：（04）2220-8505
專案主編　陳媁婷
出版編印　林榮威、陳逸儒、黃麗穎、水邊、陳媁婷、李婕、林金郎
設計創意　張禮南、何佳諠
經紀企劃　張輝潭、徐錦淳、林尉儒、張馨方
經銷推廣　李莉吟、莊博亞、劉育姍、林政泓
行銷宣傳　黃姿虹、沈若瑜
營運管理　曾千熏、羅禎琳
印　　刷　基盛印刷工場
初版一刷　2023年10月
定　　價　260元